「あっ……」
快感に身を捩らせると、さらに乳房の先端が喰まれ舌先で転がされる。
もう片方の乳房も指先で転がされ、茉莉は甘く喘ぐ。
「あぁッ！　やぁん、せんせいっ！」

御曹司ドクターと甘い同居生活はじめました

連城寺のあ

Vanilla文庫Miel

御曹司ドクターと甘い同居生活はじめました

目次

イラスト／森白ろっか

1．もしかして厄日？

当直明けの午前九時、川田茉莉《かわたまり》は、疲れ切ってマンションにたどり着いた。

昨夜の当直医師が整形外科医で、事故による救急車が深夜に一台、明け方にはランニング中の転倒でもう一台やってきた。連絡なしのウォークイン患者もあり、ほとんど眠れなかったのだ。

茉莉は外来担当看護師で、普段は外科外来で仕事をしている。月に二度ほどある当直勤務は、昨夜のようなシビアな場面もあるので気が抜けない。

生まれ育った県内の医学部看護科を六年前に卒業して、今は看護師として仕事をしている。毎日忙しく時に嫌なこともあるけれど、仕事に誇りを持って過ごしている。

病院では必死に仕事をして、休みには仲のいい友人との旅行や食事、ショッピングを楽しんだりと独身生活を謳歌《おうか》していた。

そんな中、住んでいたマンションが契約更新の時期になり、病院から近いマンションに引っ越しをしたのが一週間前。

今回のマンションは新築ではないけれど、最上階の角部屋で安全性の高さと部屋の広さが契約の決め手だった。

インテリアに凝った住まいにしようと意気込んでおり、休日にインテリアショップで色々と揃《そろ》えるつもりだ。

部屋の鍵を開けようとして、茉莉は施錠されていないことに気がついた。

「えっ？　うそ……」

一昨日、当直の仕事に出る際に鍵をかけたはずなのに、施錠されていないのはおかしい。

ボーッとしていた頭が一気に覚醒して、茉莉の全身に緊張が走る。

それでも、もしかしたら自分が施錠を忘れていた可能性も捨てきれない。そうであったらいいのに……と、すがる思いで中に入った。

しかし、その願いも虚《むな》しく、入るとすぐの玄関が荒らされている。

まず、シューズクロークの上に飾っていたアロマディフューザーが倒れているのが目に入る。こぼれたアロマオイルを拭くのは後にして、用心深く廊下を進む。

そして、リビングダイニングに続くドアを開けて、茉莉は息をのんだ。

「ひ……っ」

丸テーブルの上には茉莉の知らないビールの空き缶が転がり、お気に入りの椅子がひっくり返されている。床には正体不明な液体がこぼれ、まるで熊か何かが入り込んで暴れたような有様だ。

心臓が早鐘を打ち、その音がドクドクと耳に届いてくる。ショックで気絶しそうになりながら、茉莉は明るい部屋の中で立ちつくしていた。

（落ち着け、落ち着け私！　ちょっと待って、両親が来たのかも？　ううん、そんなはずがないし、友達もまだこの部屋には呼んでいない。だから、知り合いの誰かがこんなことをしたのでは……ない。第一、合鍵は母に渡そうと思って、私が保管しているんだし）

（こ、これって、空き巣……？）

ようやく我に返り、茉莉はスマホをバッグから取り出した。

「警察って、どう呼ぶんだっけ？」

頭が回らない。ただ一一〇の番号だけが浮かぶ。茉莉は震える手で一一〇をタップした。

「空き巣が入ったみたいなんです」

そう伝え、機械的なオペレーターの質問に必死に答える。

警察が来てくれることになったが、通報を終えても手の震えは収まらない。とりあえずコンビニで買ったものを冷蔵庫に入れようとキッチンに移動する。すると、流しには使った跡があり、タオルがクシャクシャになって床に落ちている。

「ああ……」

全ての部屋が気になってきた。とにかく寝室と貴重品を確認しなくてはいけない。茉莉は震える足で寝室に向かう。

自分の身体じゃないみたいに、動きがスローモーションになった気がする。

フラフラと寝室に向かいドアを開けた。そして……中の惨状を目にした途端、茉莉は後ずさって悲鳴をあげた。

「い、いやぁ――――！」

ベッドの寝具が床に落ちて、シーツがクシャクシャになっている。出勤前は綺麗《きれい》にベッドメイクして出て行ったはずなのに、今は汚れて悪臭もする。

茉莉は震える足で玄関から外に出る。

部屋の中にいられない、（早く来て！）と願いながら警察を待った……。

警察が到着して、見聞やその他諸々《もろもろ》が終わる頃には午後になっていた。

ありがたいことに、部屋が荒らされただけで貴重品や通帳などは無事で、何一つ盗《と》られたものはなかった。

本来なら、今頃はコンビニから買ってきたお弁当をとっくに食べ終えて、映画の二本くらいは見終わっている時間だ。

警察がいる間に管理会社に連絡をして来てもらったのだが、引っ越し直後に退去すると違約金を支払うことになると聞かされ詰んだ。

「どうしますか？」

管理会社の人はあくまでも他人事だ。今は判断がつかないので、後日連絡するとだけ返事をした。

「あの、何かありましたら連絡します」

「はい、わかりました。とりあえず鍵は変えますので」

「ありがとうございます」

悲しいほどの塩対応に、茉莉は『なんで私は礼を言っているんだろう？』と混乱しながらも必死に踏ん張る。

管理会社と警察が帰った後、茉莉は散らかり汚れた部屋に一人で取り残された。

母に連絡をしたいが、実家では祖母の具合が悪くて両親は仕事や病院通いで大変な状態だ。これ以上心配や迷惑をかけられない。

でも、怖くてこの部屋にいられない。今すぐにでもここから出て行きたい！

（とにかく、ビジネスホテルにでも行って落ち着こう）

茉莉は手早く部屋を片付けると、スーツケースに貴重品や必要なものを入れ、戸締りを確認して部屋を飛び出した。

スーツケースをゴロゴロと引きずり、駅前のコーヒーチェーンに入る。スマホで近くのビジネスホテルのシングルが予約できたので、そこに向かう。

とりあえず三日間の連泊をすることにし、部屋に落ち着いた頃には窓の外はすっかり暗くなっていた。

清潔なベッドに横たわり天井を見上げている内に、鼻がツンと痛くなって涙目になる。

散々な目にあった。自分の人生にこんなことが起こるなんて思ってもいなかったし、当直勤務の後の休息日だったのに、身体を休める暇もなく終わってしまったことが残念でたまらない。

「今日って厄日だったのかなぁ？」

そう呟《つぶや》きため息を吐いて、茉莉は持参したおにぎりを口にしたのだった。

マンションでは警察や管理会社の手前もあって気丈に振舞ったが、ホテルで侘《わび》しくおにぎりを頬張《ほおば》っている最中に涙がとめどなく流れてくる。

「なんで？　なんで、こうなっちゃったんだろう……」

鍵をかけ忘れたとしたら全面的に自分が悪い。でも、そうでないとしたら？　犯人がどうやって入ってきたのか全然わからない。部屋は最上階だから、窓からの侵入は無理だ。

他に考えられるのは特殊な器具を使って入ったとか？

しかし、部屋が汚されているだけで、今のところ盗られたものは何もないし、警察はピッキングの可能性は低いと話していた。

とりあえず、鍵を変えてもらったら嫌でもマンションに戻って、三ヶ月後に引っ越しをしよう。それまではなんとか自分の力で頑張ってみよう！　茉莉はそう決意した。

＊＊＊

茉莉が勤務する高木総合病院は、地域の医療の中核を担う個人病院という位置付けで、かかりつけ医から紹介された患者に高度な検査や医療を施す病院だ。

昭和から続くこの病院の現院長は三代目で、名を高木光輝《たかきこうき》という。三十五歳という若さながら、代々受け継いだ病院を若い感性で発展させていて、いわゆるやり手だと院内外で認識されている。

その院長の、週に一度の外来に茉莉は付いているのだが、昨日のこともあり調子が出なくてミスを連発していた。

とはいえ、重大なミスではなく、器具を落としたり手が滑ってパソコンをシャットダウンさせたりというものなのだが……。

重篤な患者を放射線科に送り一息つく時間帯、高木院長が買ってくれた紅茶飲料を診察室で飲んでいた。医療秘書が受付に書類を持って行き二人きりになると、高木が明るい口調で茉莉に声をかける。

「川田さん、今日は絶不調かな?」

「うっ……すみません」

やはり気になっていたのかと、茉莉は小さくなって謝る。

「いや、謝らなくていいよ。体調が悪いなら診《み》ようか?」

院長の目が笑っていない。

診る気満々なのが伝わって、茉莉は思わず両手を前に突き出した。

「だ、大丈夫です! 個人的なことなので、自分でなんとかします」

焦りまくる茉莉を、高木が首を傾《かし》げて眺めること数秒……。

「ま、頑張って」

そう言うとクルッと椅子を回し、おもむろにパソコンに向かう。

切り替えの早い人だとわかっているので、院長の反応に不安は感じない。逆に興味をそらせることができたのでホッとした。

「はい。ご心配くださって、ありがとうございます」

「どういたしまして」

キーボードを高速で叩《たた》き紹介状を作成しながら、高木は上品な受け答えをしている。

院長は茉莉達スタッフにはいつも丁寧な口調を崩さず、負の感情を人に見せたことがな

い。しかし、怒らせると大変なことになると噂《うわさ》で聞いたことがある。

個人病院なので経営陣には院長の親族が多いのだが、院長の叔父である歯科医の副院長とは犬猿の仲らしく小さな争いが多い。いつもは副院長の的外れな言動を院長が穏やかに諭《さと》しているのだが、半年前に副院長のパワハラが原因で歯科医が辞めたことがあった。

その時の院長の怒りは相当なものだったらしく、そばで彼らの会話を聞いていた医局長と事務長は震え上がったそうだ。

辞めた歯科医は院長が母校からスカウトした若手で、口腔《こうこう》外科手術を積極的に行い歯科の評判を上げていたから、院長の怒りは余計に激しかったのだろう。

叱咤《しった》された副院長は一週間仕事に出て来なかった。元々非常勤医師でもっていた歯科は、副院長が出勤してからも開店休業状態で、歯科衛生士が入院患者の口腔ケアなどを行なって歯科を支えている。

看護師達の間では、『もう歯科医を辞めろ！』と院長が怒鳴ったともっぱらの噂だ。

茉莉には彼が鬼神《きじん》のように怒る姿を想像できないので、大袈裟な噂だと思っている。とはいえ高木は病院のトップなので、それなりに気を遣いながら仕えているのだった。

マンションだが……。

空き巣事件から二日後に鍵が取り替えられ、茉莉はようやく部屋に戻ることができた。

部屋中をピカピカに掃除して、除菌シートを大量に使用し、ベッドリネンを全部取り替えて以前のように綺麗な状態を取り戻した。

警察からは未《いま》だ連絡はなく、捜査している気配もない。元々期待はしていなかったけれど、胸のモヤモヤは収まらない。そんな中でも茉莉は、必死に嫌な記憶を忘れようとしていた。


空き巣事件から一ヶ月が経《た》ち、茉莉の生活が平常に戻りつつあった深夜のことだった。

玄関ドアをドンドンと叩く音に気がついて目を覚ます。

「え……、何？」

ただ事ではない音のせいで一気に目覚めたが、恐怖で心臓がドキドキする。

何が起こったのか、最初は全くわからなかった。耳を澄ますと、玄関を叩く音と共に怒声が聞こえる。

ベッドから下り、恐々と廊下を進んで玄関に向かう。その間もドアを乱暴にガチャガチャと動かす音が聞こえてくる。

部屋を間違えて解錠しようとしているのではないかと思い、怖かったけれど声をかける。

「どなたですか？　部屋をお間違えじゃないですか？」

一瞬、物音が消えたので、茉莉はドアスコープから外を覗《のぞ》き見《み》た。

真っ暗で視界は悪かったけれど、ドアスコープを覆うように、誰かが立っているのがわかる。さっきの声が聞こえなかったのかもしれないと思い、もう一度声をかける。

「あの、お部屋をまちが……」

そう言いかけたのだが、男性のダミ声に茉莉の声はかき消される。

「おい、開けろ！　コロスぞゴラァ！」

そう言うと、玄関をゴンゴンと蹴り始める。

「ひ……！」

茉莉は恐怖のあまり、後ずさり座り込む。その間も、男性はドアをガシャガシャと引っ張り、何かで玄関を傷つける音がする。

（怖い怖い怖い！）

もしかして、あの空き巣の犯人かもしれない？　そうだスマホ！　警察に連絡をしなくては！

「やめてください！　け、警察を呼びますっ！」

震える声でそう言い、寝室に戻りスマホを探す。前回と同じようにオペレーターに繋《つな》がり、現状を必死に説明する。

「玄関に不審者がいて、鍵を乱暴に開けようとしています！」

そう伝えながらドアスコープを除くと、いきなり尖《とが》ったものがレンズに打ち付けられる。

「きゃッ！」

思わず叫ぶと、オペレーターが声をかけてくる。

『どうされました？』

「い、今、ドアのあの、のぞいていたら、何かを突き刺されて……！」

『怪我《けが》はないですか？』

「は、はい。ドアスコープが突かれたみたいで……」

そんな説明をしていると、外からまた声がする。

「開けろ！　ゴラァ――！」

もう恐ろしくてここにはいられない。茉莉は玄関から離れ、ベッドとクロゼットの間に逃げ込んだ。警察のオペレーターと話をしている間にも、玄関から男性の罵声が聞こえてくる。

隣近所の人が出て来て注意してくれたらいいのに……。そう願ったけれど、誰も助けてはくれない。

（警察の人、早く来て……！）

茉莉は祈るような気持ちで警察官を待った。……それから、どれほど時間が経っただろうか？　外の物音がいつの間にか消えた頃、ようやく警察がやってきた。

その頃には玄関にいた男性は消え、何事もなかったような静寂に包まれていた。

警察の人に、物音に起こされてからの経緯を説明し、幾つかの質問に答えていたのだが、一人の警官が茉莉に何気ない一言を放つ。

「あの、寝ぼけていたとかじゃないですか？　本当にそんな人がいたんですか？」

「い、いました！」

「そうですか。まあ住人に聞き取りはしますけど、それだけの騒ぎなのに、他の誰からも通報はなかったですし……」

そう言いかけて、もう一人の警官に制止され、言うのをやめる。

あれだけの恐怖を勘違いと決めつけたいのだろうか？　茉莉は愕然《がくぜん》としながらも、必死に説明をした。

「ドアを蹴られていましたし、先日換えてもらったばかりの鍵を壊すくらいの勢いでガチャガチャしていました。それにコロスっておどされたんですよ」

「録音はしてないんですか？」

「そ、そんな余裕なかったです」

証拠がないと警察は言いたいのだろう。それでも、茉莉の話の真偽を確かめるため警察官が携帯ライトを照らして玄関ドアを確認すると、確かに大きな靴の跡がくっきりと付き、鉄製のドアに何かで引《ひ》っ掻《か》いたような傷が残っている。

「……確かに、大きな足跡と……ドアには傷がついていますね」

ようやく信じてくれたみたいだ。その後、近所に確認をしてくれることになり、茉莉が落ち着いた頃には明け方になっていた。

もう眠ることもできず、茉莉は栄養補助食品だけを食べて病院に向かう。

駅に向かいながらも、誰かから襲われたらどうしようと妄想めいた恐怖に襲われて落ち着かない。少し早めに出たので、駅に隣接するコーヒーショップに入り、温かいカフェラテを購入する。

（美味《おい》しい……）

甘く温かい飲み物で、心がようやく緩んできた。ボーッと空《くう》を見つめていると、涙が溢《あふ》れてくる。

（怖かった……）

心底、怖いと思った。空き巣に入られた時も怖かったけれど、『コロス』というワードは衝撃的だった。

仕事をしていると、荒ぶった患者さんに乱暴なことを言われたり、突き飛ばされたこともある。しかし、周りに目撃者がいてくれるし、仕事中だと変なアドレナリンが出るのか、こちらも好戦的になってあまり後を引かないものだ。

しかし、唯一安心できる家で、しかも寝ている時に暴力や暴言を浴びせられると、受けるダメージは大きい。

一度流れてしまうと、涙が止まらなくなる。しかも、警察官に言われた一言が心に刺さって抜けない。

「看護師さんなんですね。あの、人から恨みを買うようなことはしていませんか？」

誰にでも同じことを聞くのかもしれないが、まるで、こんな仕打ちを受けるのは自分のせいだと言わんばかりだ。

真面目に仕事をして生きているだけ。誰からも恨まれていないし、誰にも迷惑をかけていないのに。

当然、その日の仕事は絶不調。今日は高木院長につく日ではないことだけが救いだ。また同じ失態をしたら、師長に呼び出されて叱られるかもしれない。

必死に仕事をこなし昼休みになった。

同じ外来看護師で仲良しの朝日由紀《あさひゆき》と食堂に向かう。食欲はないが、朝ほとんど食べていないので、焼き魚定食を選んでテーブルにつく。

「茉莉、今日はメイクしてないの？」

そこ？　とは思ったが、茉莉はうんと頷《うなず》く。

「ファンデなしだけど、眉毛は描いたよ」

「でもさ、眉もいつもより下手だね」

「え、下手？」

平常通りの友人の言葉に、茉莉はクスッと笑って魚の身をほぐす。

ランチを食べると、さらに気持ちもほぐれてくる。

「美味しい」

茉莉の笑顔を見て、由紀が身を乗り出した。

「ねえ、一体何があったの？　その顔色の悪さは何ごと？」

「由紀ぃ……」

由紀には、以前空き巣に入られたことも話している。茉莉は泣きそうな顔で深夜の騒動をできるだけ端的に話した。

「えええっ！　……まじかあ。怖かったよね……。とりあえず、茉莉の身に何ごともなくて良かった」

「うん。でも、家に帰るのが怖くてたまらない。あと二ヶ月待ってから引っ越しをしようと思っていたんだけど、すぐにでもあのマンションから出ていきたい」

「うん、うん」

「もうないと思いたいけど、また引っ越した先で同じ目に遭ったらどうしようって……」

「うーん。ねえ、犯人の顔とか見なかったの？」

「暗かったから見えてないのよ。とにかく、怖くて玄関から逃げたくらいだから」

「そうかぁ……ねえ、今日はウチに泊まる？」

「えっ。でも、彼氏がいるんでしょう？　悪いわ」

由紀は交際中の彼と一緒に住んでいる。それなのに泊めてくれるというので茉莉は遠慮したのだが、由紀は引かない。

「だって、マンションに帰るのが怖いんでしょう？　今夜だけでもウチに泊まりなさいよ。彼には友達の家に泊まるように言うからさ」

「……ありがとう」

由紀の気持ちに甘えて、その日は泊まることにした。由紀にマンションまで付いてきてもらい、スーツケースに必要なものを詰めて部屋を出る。

翌日には、出勤時にスーツケースを職場のロッカールームに持ち込んだ。違約金を払ってもいいから次の部屋を探そうと、昼休みには不動産サイトを物色する。

しかし、新しい部屋でも怖い目にあったらどうしよう……。

恐怖心に負けて、茉莉は完全に混乱していた。

看護師をやめて実家に帰ろうかとさえ考えてしまう。

もうあの部屋に帰れる気がしない。そこで、当直をすれば部屋に帰らなくていいことに気がつき、進んで当直を替わることにした。

ただ、気になるのは外来師長だ。

空き巣に遭った後、一応管理者である外来師長に報告したのだが、返ってきた言葉は「鍵をかけ忘れたんじゃないの？」というもので、同情もしてくれなかった。

そればかりか、空き巣に入られて良かったみたいな言い方をされて、茉莉は愕然としたのだ。

「何も盗られなかったのは不幸中の幸いだったわね。とにかく、川田さんは以前から落ち着きがないから、これに懲りて施錠を忘れないようにすればいいわ」

師長のこの言葉に茉莉はショックを受けた。

今回の騒動で、また警察沙汰になったわけだけれど、それを師長に報告したら何を言われるかわかったものではない。もう師長には何も言わずにおこう。

自分の気持ちが落ち着くまで、そして部屋が見つかるまで、数日でいいから当直を続けてやり過ごせたら……そう願っていた。

結局、師長が当直カレンダーを作っているので、替われれば報告をしなければならない。

二回目の変更を師長に伝えたら、勤務に支障が出るから何度も替わらないようにと叱られ、あらぬ疑いまでかけられてしまう。

「最近当直が多いようだけど、何かわけありなの？　長い休みを取ろうと思っているんなら事前に報告してよね。それに休みなら有休を使いなさい」

見当違いの疑いをかけられ、茉莉は注意を受けてしまう。

「いいえ。長期休暇の予定はありません。ご迷惑をおかけして申し訳ありませんでした」

頭を下げて師長室を出た。先日の恐怖体験を相談することもできず、茉莉は完全に詰まってしまった。

「あぁ……辛《つら》い」

連日の当直で、身も心も疲れ切っている。おまけに、当直できない日にはネットカフェに泊まっているものだから、疲れが完全に取れない。

とりあえず、今夜当直を終えたらマンションに帰ろう。あの部屋で熟睡できるかわからないけれど、とにかく眠ろう。

悩みは尽きないが、ゆっくり悩んでいる暇はない。あと二十分ほどで午後からの外来が始まるのだ。

売店で栄養ドリンクでも買って頑張ろうと、茉莉はトボトボと廊下を進むのだった。

午後からは特別外来となっており、大学病院から派遣された医師が専門の診察を行っている。今日は消化器外科の助教が来てくれる日だが、学会で来られないため代診になると聞いている。

当院の大腸の専門医が代診だろうと予想しながら、笑顔を顔に張り付けて診察室に入った。

すでに医療秘書がスタンバイしていたので、茉莉は元気に声をかける。

「お疲れさまです。よろしくお願いします！」

「よろしくお願いします。あ、川田さん、今日の代診は院長先生です」

「うぇ」

思わず変な声を出してしまい、医療秘書に笑われる。前回院長の診察時に絶不調を指摘されたばかりだったので、できれば会いたくなかったのだが仕方がない。

「そ、そうですか。大腸の専門医の先生が代わりに診られるのかと思っていました」

「その先生も学会に行っているので、院長が仕方なく診られるとか」

「そうか、全国の胃腸科の医師が今、一箇所に集まっているってことですよね？　どこか知らないけど」

「ですねー」

茉莉の言葉に同調して、医療秘書が笑う。この和やかな雰囲気のまま、今日の午後を乗り切りたいものだ。

しばらくすると院長がタンブラーを手にやってきた。医療秘書と明るく迎え入れる。

「お疲れ様です。院長先生、よろしくお願いします！」

「はい、よろしく」

椅子に腰をかけたあと、院長がふと茉莉に視線を向けた。ほんの数秒なのに、何かを見透かされているような気がして落ち着かない。

別に悪いことをしているわけではないから、堂々としていればいいのに、茉莉はつい院長に問いかけてしまう。

「な、何か顔に付いてます?」

「いや、付いてはいないけど……」

けど。と言いかけてやめるので、ますます気になってきた。モヤる茉莉を取り残し、院長はパソコンに向かう。

「さあ、始めようか」

一週間便秘が続いているのに『なんでもない』と言うお爺《じい》さん。ティッシュに血が付いていたと大騒ぎのサラリーマン。定期処方を受け取りにきた主婦、などなどを診て一息付いたのは午後三時。持参したタンブラーから水分を補給しながら院長が茉莉に話しかける。

「川田さん、顔が土気色だけど、ちゃんと食べて寝ている?」

直球を投げ込まれて、茉莉はウッと仰《の》け反《ぞ》る。

「そういえば、私も思っていたんですよね。顔色が悪いなぁって」

医療秘書が院長に同調する。茉莉は答えを探しながら、ペットボトルの水をゴクンと飲んだ。

「あの……」

「うん」

言う気があるんなら聞くよ。そんな表情で、院長は続きを促す。この絶妙な距離感や勘の鋭さが、彼が若くして病院を率いていられる理由の一つなのだと思える。

言い逃れても全部バレてしまいそうな恐怖も感じられ、茉莉は観念した。

「あの、話すと長いので、仕事が終わってからご相談させていただいてもいいですか？」

「いいよ。では、後ほど院長室で」

「は、はい」

院長室で相談とは敷居が高い。

しかし言い出しっぺは自分だから、茉莉は素直に頷いた。

そうして、全ての仕事が終了した午後五時、茉莉は医局の隣にある院長室に向かった。

ドアは最初から開け放たれていて、茉莉が顔を覗《のぞ》かせると、デスク越しに手招きをされる。

「お疲れさま。ドアを閉めてね。それと、悪いけどあと三分座って待ってくれる？」

「は、はい」

ソファーに腰をかけ、茉莉はキーボードを叩く音を聞いていたが、もうすでに眠い。連日の睡眠不足の身体に、ふわふわで心地いいソファーは危険だ。

夢を見ていたような気もするが、茉莉はガクンと脚をバタつかせて目覚めた。

彫刻のような天井装飾が目に入り、ここはどこ？　と、一気に覚醒する。ソファーの背に頭を預けたまま、茉莉は熟睡していた。

「おはよう」

声のする方向に視線を向けると、院長がソファーに腰をかけてノートパソコンを操作していた。

「す、すみません！」

あと三分が待てずに寝落ちしてしまった。おまけに肩にブランケットまでかけられている。

慌てて身体を起こし、ブランケットを畳んで座り直す。

「慌てなくていいよ。コーヒーを淹《い》れたからどうぞ。砂糖とクリームは？」

パソコンを閉じ、高木は立ち上がりながら茉莉に問いかける。

「あの……お砂糖二つとクリームは多めでお願いします」

「了解」

今は何時だろう？　茉莉は腕時計を確認してギョッとする。時間は午後六時半。一時間以上も寝ていたなんて……。申し訳なさすぎて縮こまる。

「院長、寝てしまってすみません」

「おかげで仕事が捗《はかど》った。早速だけど、相談を聞こうか」

テーブルにコーヒーが置かれ、茉莉は高木に正面から見据えられる。

誰が見てもイケメンだという、端正な顔で茉莉をまっすぐ見ている。ごまかしや嘘《うそ》を決して許さない顔だ。

茉莉は覚悟を決め、順を追って話を始めた。

空き巣に入られたこと。そして、先日の玄関での騒動。違約金を払ってでも早く引っ越しをしようと思っていること。

「……空き巣の件は師長に報告はしたのですが、私に責任があると言われてしまい、今回の騒動はもう報告しなくてもいいかと思ってしまいました。上司に相談もせずに当直を続けたことも浅はかでした。今後は職務に影響が出ないようにしたいと……」

とはいっても、茉莉には何も術《すべ》がない。早く引っ越すのが一番なのだけれど、引っ越したところで、恐怖は消えないだろう。

「そうだったのか。それにしても、看護部長から報告がなかったのはどうしてだろうね」

「……えっ？」

「スタッフに何か問題があれば各責任者から僕に情報が入るようになっているんだけど、川田さんの話は聞いていないなあ。看護部長が僕への報告を怠っているか、それとも外来師長が上司に報告していないかのどちらかだね」

「いえ、あのっ！」

外来師長や看護部長に迷惑がかかるのは困る。しかし、高木のすることを止める権利は茉莉にはない。焦って声を上げるが、結局何も言えないのだ。

「大丈夫、部長や師長を責めることはしないから」

「……はい」

「一つ聞くけど、新しいマンションに引っ越したら、全てうまく行くの？」

「それは……」

ネカフェでも不眠は続いている。唯一安心して眠れるのは当直のベッドなのだが、病院に引っ越しをすることは不可能だ。

「無理なんだろう？　ところで、眠剤はもらっている？」

「はい。内科で出してもらっていますが、その、あまり眠れなくて……。当直時には安心して仮眠ができているのですが……すみません、病院が唯一安心できるので、当直ばかりしてしまいました」

高木は額に手をやってため息を吐く。

「そういうことか。ならば、精神科に罹《かか》って治療をしてもらいなさい」

「は、はい」

呆《あき》れられたのだと思い、茉莉は項垂《うなだ》れた。

「院長、申し訳ありません。精神科に罹りながら、なんとか仕事をやっていきます」

もう話が終わったとばかり、茉莉は立ち上がって頭を下げた。

高木はまだ座ったままで茉莉を見上げて問う。

「今夜はどこに？」

「ネットカフェです」

情けなくて恥ずかしくて顔が上げられない。高木が立ち上がり茉莉の肩をポンと叩いた。

「そんなところでは眠れないだろう？　今夜はとりあえずウチに来なさい」

「……え？　今、なんと？」

「ウチに来なさいと言ったんだよ。広いから部屋はいくらでもある。心配はいらない」

「いやいやいや！　それはご迷惑でしょう！」

いくらなんでも、院長の家に泊まるわけにはいかない。茉莉は首を振って断ったが、高木は動じない。

「多分、僕と二人っきりになるのが気まずいのだろうけど、あいにく人の出入りは多いからその心配はいらない。それと、君のプライバシーは完全に保たれる。何よりも川田さんの身の安全が第一だ。大事なスタッフを空き巣騒動なんかで失いたくない」

「でも……」

「外科の安村《やすむら》医師が泊まりにくる予定だけど、遠慮や心配はいらないよ」

正直、男二人がいる家で眠るなんて嫌だ。そう思ったが、高木にはとても言えない。

高木に邪《よこしま》な気持ちがないのはわかっているけれど、院長の家に泊まって人に知られたら大変だ。しかし、寝泊まりする安全な場所をすぐにでも確保したいのは事実。

茉莉は睡眠欲を抑えきれず頷いてしまった。

「じ、じゃあ……お願いします」

「はい。それでは、三十分後に駐車場に来てくれる？」

「は、はい……」

かくして、茉莉は高木の家に向かうことになったのだった。

院内のコンビニがまだ開いていたので、今夜のお弁当を買った。着替えをして、更衣室からスーツケースを運び出して駐車場に向かう。

しばらくして、高木がやってきた。

彼の後を大人しく付いていき、車に同乗する。

高木の家は、病院から車で十五分ほどの山手にある豪邸で、かつて茉莉の父方の祖父母が住んでいた地区にあった。

すでに真っ暗だったので、祖父母の家があった場所は確認できなかったが、懐かしさで胸がいっぱいになる。

「あの、このあたりに祖父の家があって、私よく遊びに来ていました」

「へえ……ここは僕の母方の祖父の家なんだよ。東側には粉川《こがわ》皮膚科医院の古い建物が残っている」

「粉川皮膚科医院？　あの……私、罹ったことあります」

「えっ？」

「ちょっと見てきていいですか？」

茉莉は高木の返事も聞かず、車を出ると狭い路地を抜けて東側に向かう。二車線の道路に沿った東向きの古い門に、『粉川皮膚科医院』と書かれ、古い診療所の建物が残っていた。

茉莉の脳裏に、過去の記憶が一気に蘇《よみがえ》る。

ここは幼い時に茉莉が入院したことのある病院で間違いない！

懐かしさのあまり、家の周りをぐるぐると回っていると、古い犬小屋を見つけて声を上げそうになった。かすかではあるが、この小屋で飼われていた犬に会いたくて病室から抜け出していたことを思い出したのだ。

ワクワクしながら探検を続けた後、南側の駐車場に隣接した立派な門扉を抜けて現在の玄関に向かう。呼び鈴を押すと高木が出てきた。

「どうぞ入って。診療所に見覚えはあった？」

「はい。私、小学生の頃にこの病院に入院したことがあります」

「入院？　どういう症状で？」

「足に大怪我をしたんですけど、女の先生に手術をしてもらったんです」

「……なら、それは母だ。君は、そうか……あの頃に入院していたのか」

家の中を案内してもらいながら、話は続く。

「足の怪我だったから動けなくて、窓からいつも犬を眺めていました。時々高校生くらいのお兄さんが犬の散歩に来ていたのを覚えています」

「そこまで覚えているの？」

「はい。私、野良犬を助けようとして崖から落ちたんです」

高木に話すと、彼はその頃の話をする。

「川田さんが入院していたことは知らなかったけど、多分、君が見た高校生は僕だよ」

「そうなんですか！　あの犬はあれから……？　大きい犬で、優しそうな目をしていて、私あの犬が好きだったんです」

「うん……彼は長生きしたんだよ。いい子だった」

「そうですか……」

幼い頃の共通の記憶で、二人の距離が一気に縮まった気がした。

高木の家は、築年数は古いけれど、設備はリフォームで新しくなっているようだ。広い家の掃除はどうしているのかと聞くと、物を減らして床は掃除ロボがして、週一でプロに任せているらしい。

粉川皮膚科医院時代の話を二人は続けた。

「あの頃の母は、腕はピカイチだったと本人が言っていた。脚の傷は残っているの？」

「いいえ、ひどい傷だったらしいんですが、ほとんど残っていません」

「それは、母が喜ぶな」

「あの、お母様は今……？」

「バリバリ働いているよ。元々は両親がリフォームしてここに住んでいたんだけど、母が他県で教授職に就いたので、父は高木総合病院を僕に任せっきりで母と新婚気分を楽しんでいる。勝手なものさ」

「へえ、そうなんですか。ラブラブなんですね」

「両親の仲が良いのはいいことだけど、できることなら僕の仕事を手伝ってほしいよ」

淡々と両親のことを話す高木は、病院で見る院長としての姿よりもずっと若く感じられる。

それに、白衣を脱いだ姿は茉莉には新鮮に映った。考えてみれば、彼はまだ三十代なのだ。院長という仮面を脱ぐと、高木は普通の青年に見える。

さらに屋敷の奥を案内され、渡り廊下でつながった離れに茉莉は案内された。

「川田さんの部屋はこの客間を考えているんだけど」

そこは、キッチンの南側に位置する離れだった。奥にも一部屋あり、シャワールームとトイレもある。

「僕の子供ができたらここが育児ルームになるらしい」

他人ごとみたいに言うものだから、茉莉の方がギョッとしてしまう。

「え、結婚のご予定が？」

「いや全然。母親が勝手に言っているが、先走りがすぎて恐怖を感じる」

笑えるけど、本人にしてみればいい迷惑だろう。

レトロ感を残しつつリフォームされた素敵な部屋だったので心が動く。

「とりあえず三日住んでみれば？　無理なら出て行けばいい」

軽く言われ、茉莉は頷いた。

「すみません。では、ご厄介になります」

「うん」

この離れは丁度、古い診療所の裏手の中庭を挟んだ場所で、外からの侵入は不可能だ。広く快適な設《しつら》えであるばかりか安心感が高く、茉莉にとっては願ってもない部屋だ。

「すごくいい部屋ですね。ここなら安心して過ごせそう」

「そうだと思った。ちなみにベッドリネンは押入れの中だ。眠れそう？」

「はい。正直……私、追い詰められていました。先生、手を差し伸べてくださって、ありがとうございます」

　茉莉が気持ちを吐露すると、高木はかすかに笑って頷いた。

「マンションの荷物はおいおい運べばいい。もう少ししたら夕食にするから、ゆっくりするといいよ」

「食事まで？　それは申し訳なさすぎます。それに、コンビニからお弁当を買ってきたので……」

「そうか？　じゃあ、明日からは弁当を買わずに帰っておいで」

「えっ……」

　そこまでしてもらうのは申し訳なさすぎる。茉莉が戸惑っていると、高木が軽く笑みを浮かべた。

「ここは、『はい』と言ってほしいところだけどなあ」

「そんな……」

「『はい』は？」

「えっ、じ、じゃあ、はい……」

「後でキッチンの使用ルールを決めよう。気が向いたらおいで」

「はい。ありがとうございました」

　結局、食事の件も高木に押し切られてしまった。

それに、ここでしばらく過ごすのなら、色々と決めごとは必要だ。茉莉は後でキッチンに向かうことにして、今はとにかく横になりたかった。

押入れの中のかけ布団だけ取り出したが、ふんわりとした上質の布団が心地よさそうだ。この部屋にいると、安心感で涙が滲《にじ》みそうになる。

茉莉は少しだけ仮眠するつもりで横になった。しかし……溜《た》まった疲れのために、そのまま眠り込んでしまった。


柔らかい朝日が差し込んできて、茉莉はゆっくりと目覚める。

目覚めてから、ここがどこかわからなくて一瞬だけ戸惑うも、一気に記憶が蘇った。熟睡できた充足感に包まれて、最高に気分がいい。それに、清々《すがすが》しいほどにお腹《なか》が空っぽで体が軽い。

「あっ！　お弁当を食べるの忘れてた」

それに、キッチンで高木と話をするのもすっぽかしてしまった。

スマホを確認すると時刻は午前六時、茉莉は急いでシャワーを浴び、身支度をしてキッチンに向かう。

「おはようございます。……っと、安村先生？」

高木がいるのかと思ったら、キッチンで忙しそうに支度をしているのは外科医の安村だった。そういえば、安村医師が泊まる予定だと、昨夜高木が言っていた。

「おー、川田さんおはよう！　随分寝たね。十時間くらい寝たんじゃない？」一休みするつもりが、寝入ってしまいました。すみません」

「いえいえ。もうすぐ高木も起きてくるから。あ、パンでいい？」

そう言って気軽に茉莉の朝食も用意しようとしている。茉莉は慌ててキッチンに入った。

「滅相もない！　私がやります」

「え？　いいんだよ、座ってて。料理は僕の趣味だから気にしないで」

のほほんとした様子でいつもご機嫌な安村は、数年前から高木総合病院に勤務している。

高木が消化器外科専門医で、安村は胃腸科外科医。専門領域は近く仲がいい。

噂では、同期だと聞いている。二人がお互いに頼りにしているのが看護師の茉莉からも感じられて、いい関係だと以前から思っていた。

しかし、自宅に泊まり、勝手にキッチンを使うほどに仲がいいとは知らなかった。

顔見知り程度の茉莉に、安村は気安く話しかけてくる。

「川田さん、マンションで酷《ひど》い目にあったんだって？」

「あっ……」

高木が話したのだろう。心配そうな表情で聞かれ、茉莉はかすかに頷く。

「引越し早々に空き巣に入られました。その後、深夜に玄関で脅されて、警察を二度も呼んでしまいました」

「そっかー。気の毒としか言いようがないけど、この家なら安心だから、いつまでもいていいんだよ」

「えっ？　あ、ありがとうございます」

まるで、ここを自分の家みたいに言う安村にあっけにとられていると、眠そうな顔の高木がやってきた。

「まったく、自分の家みたいに」

グレーのTシャツにスエットパンツ、いつもは朗々と響く声は掠《かす》れて、頭はボサボサで、『どなたですか？』と聞きたいくらい、違和感がすごい。

昨夜の優しく爽やかな院長先生はどこ？

高木だと頭ではわかっているのに、ボサボサ頭の大男が隣に立つとちょっと怖い。

いつもピシッとした姿でにこやかな彼しか知らないので、茉莉は目を剝《む》き隣に立つ高木を見上げる。茉莉を見下ろした高木が何かを言ったがよく聞き取れなかった。

「え、あ、はい？」

「ん？　まだ寝ぼけているのか？　おはよう。よく眠れた？」

「お、おはよう……ございます。はい、ものすごくスッキリと目覚めました」

「そりゃよかった。朝メシ、安村が作るから食べろよ」

「は、はい」

二人のやりとりを見ていた安村がニヤニヤと笑う。

「高木さあ、川田さんはお前の素を知らないんだろう？　誰ですか？　って顔だぞ」

「あ？　俺、高木だけど、わかるよね？」

「わかりますけど、病院の院長とは別人すぎて……というか、昨夜までの高木先生はどこに行っちゃったんですか？」

「ここにいるけど」

高木は大きなあくびをしながら椅子に腰をかける。そうして、隣の椅子を指さして茉莉を振り返る。

「ここに座れば？　病院での俺はよそ行きの顔だ。家にいる時くらいは、いい人オーラを消して普通に過ごしたいんだよ、そこんとこ理解してくれる？」

確かに、病院の高木には、人格者で名医としてのオーラがある。あれが全部演技だったとは……。茉莉はあっけにとられて高木を見つめた。

髪の毛がクシャクシャなせいもあるが、院長とはまるで別人だ。

「何か言いたそうだな？」

「はい、まあ。あの……聞いてもいいですか？」

「いいよ。手短にね」

「オーラって自在に操れるものなんですか？」

茉莉の問いに、高木と安村が同時に吹いた。

「そこ？　さっきのは笑って受け流してほしかったんだけど。やっぱり君は面白いな」

安村も、美味しそうな朝食が乗ったプレートを置きながらクスクスと笑う。

「大丈夫だよ。高木の二重人格にはすぐに慣れるから」

そうか、これは二重人格なのか。そういえば、言葉使いがいつもより乱暴だし、動作も男っぽい。茉莉は椅子にふんぞり返って座っている高木をしげしげと眺めて頷いた。

「はい。高木先生は病院では我《が》を殺しているんですね。そこのところ理解しました」

「……迅速な理解ありがとさん。家での俺の生態については、くれぐれも内密に頼む」

「はいっ」

申し訳ないと思いつつ、安村が作った朝食を美味しくいただき茉莉は出勤した。車に同乗しないかと二人に誘われたが、ありがたく辞退させてもらいバスを利用して病院にたどり着く。遅刻寸前で外来に入り仕事を開始した。

今日仕事が終わったら、夕食の買い物をして帰ろう。今も高木に遠慮や申し訳なさはあるけれど、本当に背に腹は代えられないのだ。

熟睡できた喜びは何ものにも変えがたく、あの安心感に包まれて今夜も過ごしたいと心から願っていた。

（あの部屋。……というか、あの家は安心できるのよね）

居候を続けながら、居心地が良くてセキュリティーの完備したマンションを探そう。茉莉はここしばらく忘れていた前向きな気持ちにあふれていた。

午後になり、外来の処置室で仕事をしていると、内線を取った同僚から声がかかる。

「川田さん、院長先生から内線です」

「は、はいっ」

慌てて受話器を取ると、高木が院長仕様のソフトな調子で話し始める。

「高木です。二時ごろ院長室に来られる？」

「はい。行けます」

「じゃあ、よろしく」

端的すぎる会話だが、嫌な気はしない。多分、家の鍵を渡してくれるのかもしれないと茉莉は思った。業務連絡をしたふりをして無表情に受話器を置き、仕事を再開する。

「院長先生からって珍しいね」

同僚に声をかけられ、茉莉は頷く。

「そうね」

内容までは聞かないでほしい。そう願って愛想のない返事をしたのだった。

二時少し前に、茉莉は院長室に行ってきますと同僚に伝え、急いで向かう。ドアをノックすると、「どうぞ」と高木の声がする。

「お疲れさまです」

挨拶をする茉莉に、高木は要件をいきなり話しはじめる。

「悪いな、わざわざ来てもらって。これ、家の鍵を渡しておく。それと……、なんだよ？」

茉莉のニヤニヤ笑いに気がついた高木が眉を顰《ひそ》める。

「鍵を渡してくれるんじゃないかと思っていました。ありがとうございます」

「あー、そういうこと？　ニヤニヤ笑うから何かと思った。それと、荷物を運ぶんなら、週末にしないか？　土曜なら、俺も安村も空いているから」

そんなことまで気にしてくれるのか？　茉莉は高木の面倒見の良さに驚いて、一瞬だが感激してしまった。

「枕や日用品くらいは運びたいんじゃないかと思ったんだが、業者を呼んだとしても、マンションに一人で戻るのは不安だろう？」

「ありがとうございます。今のところスーツケースに入っているものでこと足りているので大丈夫です」

「そうか？　気が変わったら言えよ」

「はい。ありがとうございます」

「でも、本当にいいのか？」

「はい。実は寝具は空き巣に使われているので、やっぱり気持ち悪いんです。院長、なんだか……お父さんみたいですね」

感激のあまり思ったことを口走ると、思いっきり嫌な顔をされた。

「はぁ？　俺まだ三十代だけど。いくらなんでも『お兄さん』くらいにしとけよ。それと、看護部長に聞き取りしたら、お前の件は初耳だったそうだ。外来師長には部長が確認するらしいが、お前は気にするなよ」

「えっ、そうなんですか……」

気にするなと言われても気になる。自分の騒動がなければ、師長も部長から確認されることもなかったのだから。親身になってくれない師長だけれど、申し訳なさで一杯になった。

すると、高木が意外なことを言う。

「自分のせいだと思うな。他にも似た案件があったんだよ。外来師長は管理者としてはまだ未熟だ。だから、上司が指導をする。それだけのことだ。万が一、師長からこの件がもとでハラスメントを受けることがあれば、直接看護部長か俺に相談しろ。ちなみに、似た案件の対象者にも同じことを言っている。わかったな？」

「……はい。申し訳ありませんでした」

頭を下げて院長室を出て行こうとすると、背後から声がかけられる。

「気にするな。それと、今夜の夕飯も安村が作るそうだ」

「え？」

「聞いただろう？　あいつの趣味だ。ほら、もう行けよ」

「は、はいっ」

院長室を出て廊下を早足で歩きながら、茉莉は戸惑いと嬉《うれ》しさで胸がドキドキしていた。ここまでよくしてもらっていいのだろうか？　いつかバチが当たるのではないだろうか？　そんな風に思う。でも、このまま甘えたいという欲がムクムクと胸に湧いてくる。安心したいのだ。もう少し、もう少しだけあの家で過ごさせてください。

そう願いながら、仕事に戻った。

処置室に戻ると、同僚が忙しそうに仕事をしていたので、茉莉も慌てて職務に戻る。午後からも様々な特別外来があるので、外来は割と忙しい。処置室を二人の看護師で捌《さば》くのは大変だ。時々他科の看護師が応援に来てくれるのだが、今回は外来師長がやってきた。

茉莉が患者に点滴をしていると、同僚と師長の話し声が聞こえてきた。

「忙しそうね。今日は患者さん多いの？」

「ちょっと川田さんが抜けていたので、患者さんが湧いちゃったんです」

患者さんの足元にブランケットをかけて茉莉は師長のもとに向かう。

「師長、すみません。お手伝いいただきありがとうございます」

院長室では数分しかいなかったけれど、言い訳は禁物だ。茉莉は手短に詫《わ》びを言って頭を下げる。

「一体、何の用で抜けたの？」

「え？」

そこ聞く？　と、茉莉は師長の顔を凝視した。もしかして、看護部長からすでに聞き取りをされたとか？　そんな人であってほしくないという願いも込めて茉莉は言えるだけのことを口にした。

「すみません。私の当直勤務のことで、院長先生に呼ばれていました」

「あ、そ、そう？　院長も、いち看護師のために随分と一生懸命なのね」

話が気になるみたいで、同僚がこちらをチラチラと見ている。

（困ったな……）

外来師長に嫌われると仕事がやりにくい。それに、院長のやり方が気に入らないのか、含みのある言葉も気になる。

　師長と睨《にら》み合う形になって茉莉はいたたまれない。困って顔を上げた時、院長の姿が目に入る。

「お疲れさま」

「わ、院長先生！」

「今日の特別外来は多いな。たくさん頂き物があったから、部長に託しておいた。後で受け取るんだよ」

「本当ですかぁ？　うれしい」

　同僚が嬉しそうに院長と会話を始める。師長は茉莉から顔を逸《そ》らせ処置室から出て行こうとした。それを院長が引き止める。

「師長、ちょっといいですか？」

「あ、はい」

　そうして二人は処置室を出て行った。

　難を逃れたけれど、手伝ってくれるはずだった師長がいなくなったので、そこからは同僚とバタバタと仕事をこなす。そのうちに内科から応援が入って、なんとか一日が終わったのだった。

　更衣室に向かう途中で、同僚に声をかけられる。

「ねえ、今日大丈夫だった？」

「え？」

「院長室に呼ばれるし、外来師長には絡まれていたけど、何かしでかしちゃった感じ？」

あけすけに聞かれて茉莉は返事に困る。これからも一緒に仕事をする相手だから無視もできない。

「しでかしてはいないけど……私が連続で当直をして体調を壊しかけたことがあって、その話なの。ごめんね、忙しい時に迷惑かけて」

「そうなんだ？」

納得していない様子だったけれど、これ以上は何も言えない。茉莉は足早に更衣室に向かったのだった。

何かと茉莉を気にかけてくれる高木がありがたいが、少しばかり周りの関心を集めそうで心配になってきた。これでもし同居していることがバレたら何を言われるかわからないし怖い。

安村医師が夕食を担当すると聞いていたけれど、一応スーパーで好物や食材を買い、高木の家に戻ったのが午後六時ごろ。今日預かった鍵で玄関を開けて家に入ると誰もいない。

「お、おじゃまします」

オドオドと声をかけて靴を脱ぎ廊下を進み、部屋着に着替えてキッチンに向かう。

この家は、広いフロアにダイニングキッチンとリビングが隣接していて、ダイニングテーブルとチェアの他に、居心地のよさそうなソファーやパーソナルチェアー、それに大きなテレビもある。

昭和の香りを残しつつ、うまくリフォームした室内にはセンスのよさが感じられ、キッチンに施された最新設備がありがたい。

ソファーやダイニングの家具は多分、その辺では買えないブランドものだと思われるが、シンプルで華美に感じられない。

他人の家なのにどうしてこうも居心地よく感じられるのだろう？

食材を冷蔵庫に入れると、買ってきた紅茶を淹れて一息つくことにする。

ソファーを汚してはいけないと緊張しつつ、座り心地の良さにうっとりと身をゆだね、茉莉はまた寝入ってしまった。

目覚めると窓の外は真っ暗で、手元のスマホを確認すると午後八時になっている。

気だるい体で起き上がり慌ててキョロキョロと周りを見渡す。すると、高木と安村がキッチンで楽しそうに料理をしていた。

仲良さそうに、阿吽《あうん》の呼吸で料理を作る姿を見ていてハッとする。

『え、もしかしてこの二人って、BLじゃない？』

二人のラブラブを邪魔するのは悪いと思い、寝たふりをしようとモゾモゾしている内にめざとい高木に見つかってしまう。

「起きたか？　夕食できたぞ」

「は、はいっ！」

寝起きでフラフラとダイニングに行くと、安村が椅子を引いてくれたので素直に腰をかける。その安村がテーブルセッティングをしながら茉莉に話しかける。

「川田さんよく寝る子だねー。まだ寝ぼけてる？」

「すみません。ちょっとだけ……」

「だよね。あはっ、頬《ほお》に線が入っているよ。クッションの跡かな？　浮腫《むく》んでるねぇ」

「えっ？」

慌てて頬を触ると、安村の指摘どおり右の頬に大きな線が刻み込まれている。洗面室に見に行こうと立ち上がったのだが、高木に阻止された。

「顔はどうでもいいから、食べろ」

「えーっ」

「えーっじゃなくて、君の顔の線なんて誰も気にしない」

私が気にします！　と言いかけてやめた。高木の言うとおり、もう食べて寝るだけなのだから、実際どうでもいいのだ。

腰を下ろしてテーブルに視線を向けると、美味しそうな魚介のパスタとサラダが並んでいる。

「わ、美味しそう」

「安村の十八番《おはこ》だ。ワインはどうする？」

「じゃあ、少しだけ」

薄く繊細なグラスに少しだけ白ワインを注がれ、三人で乾杯をして頂く。

喉越しの軽い、少し辛口のワインだ。

「えっ？　これ、するっと飲める！」

茉莉がグラスをかざしてまじまじと見つめていると、安村がクスクスと笑う。

「本当、うまいね。これと同じものがあと数本ワインセラーに残ってるよ。川田さん、もっと飲む？」

「こら、川田はまだ本調子じゃないからあまり勧めるな」

「そうなんだ。じゃあ、美味《うま》いパスタを食べて元気だしなよ」

「はい、頂きます」

口は軽そうだが、安村は悪い人じゃなさそうだ。

高木の方は、口は悪いが本気で自分のことを心配してくれているのが茉莉にもわかる。

この二重人格みたいな性格さえなければ、理想の医師&経営者だ。

それにしても、高木と安村の仲がさっきから気になって仕方がない。医師同士でここま

で仲がいいのは不思議だと思ったのだ。茉莉は詮索する気満々で、二人に尋ねる。

「お二人の仲がいいなんて知りませんでした。いつから仲良しですか?」

「幼稚舎からの腐れ縁だ」

高木が嫌そうに答えるので、茉莉はつい素で呟いてしまった。

「そんな、顔を顰めて」

「そうなんだよー。高木は僕が泊まると、嫌そうな顔をするんだよね」

「ウザいわ。どうせ、別れ話がもつれてマンションに戻れなくなっているんだろう?」

「えっ、そうなんですか?」

これで高木と安村のBL疑惑は消えてしまった。しかし、今度は安村の恋愛問題が気になってきた。

「安村先生、彼女とトラブル……ですか?」

「元、彼女だけどね」

「そ、そうですか。もしかしてウチの病院の人とか?」

ますます面白くなってきたが、元カノの名を安村が教えてくれるだろうか? 高木に顔を向けると、忌々しそうに顔を歪《ゆが》めている。

「高木先生は相手を知っているんですか?」

「ああ。よりによって、貴重な麻酔科医なんだよ。くれぐれも穏便に解決しろよ。お前との不倫問題なんかでウチを辞《や》められたら、責任取らせるからな」

「えっ！」

「なんだよ？」

茉莉が素っ頓狂な声をあげると、高木がこちらに視線を向ける。

「女性の麻酔科医って、あの……」

茉莉が驚くのも無理はない。女性の麻酔科医は院内に一人しかいないのだ。最近結婚したばかりの美人医師だ。茉莉が安村に非難の視線を向けると、安村が必死に首を振る。

「ふ、不倫なんかしてないから！　誤解しないでよ」

するど、高木がさらに畳みかける。

「アホか。そう言われても反論できないだろうが。結婚したばかりの元カノを安易にマンションに入れたりするなんて。……玄関先で拒絶すべきだったんだよ。そうすれば彼女も諦めて家に帰っただろうに」

「えっ、どういうこと？」

身を乗り出して安村に尋ねると、口を尖らせて反論する。

「泣いて訪ねてきた元カノを家に入れるなって、そりゃ無理だよ。まぁ、それからずっと居座られるとは思わなかったけど」

「えええっ？　そんなことに……」

ストーリーが見えてきた。茉莉には未知な大人の世界だ。安村がワインをグイッと飲んでグラスを置き、慄《おのの》く茉莉に軽く笑いかける。

「そんな無垢《むく》そうな顔で、ガン見されると弱るなぁ。あのさ、三十五年も生きてきたら色々あるってば」

「色々……」

垣間《かいま》見えた大人の世界は、茉莉には刺激的すぎて、ますます興味が湧いてくる。これで高木と安村のBL疑惑は完全に消えたが、人の良さそうな安村医師の素顔を知って、茉莉はドキドキしてきた。あくまでも興味本位なのだけれど……。

怒る高木に、安村が安直な提案をする。

「あのさ、僕が恋人を作れば彼女も諦めるんじゃない？　そうだ、茉莉ちゃん、合コンセッティングしてよ」

「下の名前呼びを誰が許可した？」

茉莉の代わりに高木が突っ込む。

「どうして私が合コンを？　それに、わけありの安村先生なんて、友達に勧めたくないです」

「……茉莉ちゃん、割とはっきり言うね」

「だから、名前呼び！」

「高木も呼べばいいじゃん。それよりさ、僕が彼女を作ればきっと元カノは諦めると思うんだ。そうだ、茉莉ちゃんでもいいや、僕の彼女に……」

「だめだ！」

「嫌ですっ！」

「あっ！　二人ともひどい。じゃあ合コンセッティングしてよ」

二人に否定されて、安村が拗《す》ねる。

「どうせ、飲み会ではっちゃけたいだけなんじゃないですか？」

「まあね。でも、もう女医には懲りた！　優しい看護師さんに癒《いや》してほしいんだ」

安村はそう言って、さらにワインを注ぎ一気に飲み干す。もうすでにかなりの量を飲んでいるはずだが、大丈夫だろうか？

それにしても、安村がそこまで女医に懲りた詳細も聞いてみたいものだ。

「安村先生、一体何があったんですか？」

「茉莉ちゃん、聞いてくれる？」

「はい」

茉莉は、酔っ払いと化した安村の恋愛遍歴をとりあえず聞いてみることにした。

高木は『それみたことか』と言いたげな顔で付き合ってくれるが、話は長く二十三時になっても終わらない。夕方に一眠りした茉莉ではあるけれど、そろそろ眠くてしょうがない。

話を要約すれば、医学部に入学した可愛《かわい》い系《けい》ボンボンだった安村が、肉食医学生女子達の餌食となって地獄を見た話なのだが、茉莉は半分眠りながら『うん、うん』と頷いている内に、合コンのメンツを集めることを約束させられたのだった。

2. 同居生活

朝、身だしなみを整えてキッチンに行くと、昨日と同じように安村が料理をしていた。二日酔いの兆候はなさそうだ。

「おはよう！」

朝からテンションが高い。ご機嫌な声で茉莉に声をかける。

「おはようございます。先生、めちゃ元気ですね」

「イケメン顔と元気なのが取り柄だからね」

さらっと超ポジティブな発言をして、冷蔵庫を覗《のぞ》き込《こ》む茉莉と会話を続ける。

「今朝のパンはピザソースだよ。座りなよ」

「ありがとうございます。あの、昨日買ったフルーツとヨーグルトも出そうかと……」

「いいねー。じゃあ、そっちはお願いしようかな」

「はい」

「……おはよう」

しゃがれ声の高木も起きてきて、三人での朝食が始まった。安村がいるとうるさいけれど、いてくれるとありがたい。だって、高木と二人っきりだと少々気詰まりな気がする。

すると、高木が茉莉に視線を向けてボソッと呟く。

「そういえば、外来師長から注意を受けたんだって？」

「あっ」

昨夜何も言わなかったから、気にしていないのかと思っていた。高木の問いかけに茉莉は慌て気味に答える。

「院長室に呼ばれた理由を聞かれたんです」

「それだけか？　随分と険悪な雰囲気だったけど。俺、君に言ったよな？　何かあれば言ってくれって」

「ごめんなさい。その……『院長がいち看護師のために随分と必死なのね』って言われたんです」

「はあ？　いち看護師を助けるために俺がわりと必死なのは否めないけど、それを外来師長にネチネチ言われる筋合いはないな。それとも単に、俺に不満があるけど言えないから、自分の部下を責めて溜飲《りゅういん》を下げているのか？」

「先生、あの……できるだけ穏便にお願いします」

「わかっているよ。外来師長にまた何か言われたら、今度は絶対に俺に報告しろよ」

「……」

黙り込む茉莉の顔を、高木が首を傾げて覗き込む。『はい』と言うのを待っているのだ。

「まぁまぁ……高木、看護師の間でも色々あるんだよ。なあ茉莉ちゃん？」

安村が助け舟を出してくれたけれど、ちゃんと高木に言っておきたい。茉莉は顔を上げて高木を見つめる。

「わかりました。外来師長とはなるべく穏便にやっていきたいと思っているんです。でも、何かあれば必ず先生に相談しますから」

「うん」

「それと、お願いがあるんですけど……私がここに住んでいることは絶対に院内の人に言ってほしくないんです。院内でも特別扱いをしてほしくないんです。先生と話をすると同僚の視線が刺さります」

「刺さるって、そんなにウチの病院の人間関係は刺々《とげとげ》しいのか？」

「いえっ、そんなわけではなく！」

「……わかった。気をつけるよ」

「すみません」

とりあえず、高木は茉莉の望み通り同居をしていることはバレないようにして、安村も人には言わないと約束してくれた。

濃いディスカッションを交わしたせいで、味がわからないまま朝食を終え、茉莉は早めに家を出る。

特別扱いをしてほしくないと茉莉が言ったので、一緒の車での出勤は二人とも誘ってこなかった。

午前の仕事を終え、仲良しの由紀と院内の食堂に向かう。彼女には一連の騒動の相談をしているから、今院長の家にいることを話しておいた方がいいと思ったのだ。

由紀なら他の誰かに話すこともしないはずだし、安村が熱望する合コンのメンツを、顔の広い彼女に探してほしかったのだ。

「最近顔色がいいけど、落ち着いたの？」

やはり心配してくれていたようだ。茉莉はありがたいと思いながら、由紀に事情を説明する。

「うん。今、別の部屋に仮住まいをして、安心して睡眠が取れるようになったんだ」

「そうなの？　よかった……。それで、今はどこにいるの？」

「うん。あのね……院長のお家なの」

「え？」

絶句した後、由紀は身を乗り出して低い声で尋ねる。

「私の聞き間違いかな。ねえ今、院長のお家って言った？」

茉莉が神妙な顔でゆっくりと頷くと、由紀は椅子に背中を預けてのけ反る。

「どういうこと？」

茉莉は、院長の家に世話になった経緯を説明した。マンションに帰るのが怖くて当直を継続して、様子がおかしいのを院長に見咎《みとが》められたこと。事情を説明したらウチに来いと説得されたこと。そして、二人っきりじゃなくて、なぜか安村医師も暮らしていることなど……。

真剣な顔で聞いていた由紀が安村の名が出ると、また「はぁ？」と驚く。

「なんで安村先生が？　というか、院長宅ってシェアハウス？」

「うーん、私にもわからない。なんかね、院長先生や安村先生が両親みたいでうるさいけど、居心地はいいし、熟睡できる」

由紀は安村医師の外来によく付くので、割と話をするそうだ。でも院長の家にいるとは知らなかったらしい。

「外科医っぽくないというか、安村先生は、まあいい人だとは思うよ」

「うん、私もそう思う。それでね、安村先生が合コンをセッティングしてくれってうるさくて困っているんだけど、誰か来てくれる看護師を知らないかなあ？」

「合コンねえ。医者との飲み会ならすぐに集まるんじゃない？　口が軽くなくていい感じの看護師に声をかけようか？」

「嬉しい！　ねえ、由紀も来てくれる？」

「うーん。美味しいお店なら行ってもいいかな」

「それは私が探す。あー、やっと安心できる。やっぱり由紀に相談してよかった」

「私も茉莉が明るくなったからホッとしたよ。何より安心して眠れているんなら、よかった。でも、長く院長宅にいるわけじゃないんでしょう？」

「うん。この際、敷金礼金は諦めて、新しい部屋を探すつもり」

「ねえ、院長って、家でも聖人君子なの？　病院と同じで上品で優しい感じ？」

「えっ、それは……」

そういえば、二重人格なのはバラすなと言われていた。嘘をつくのが下手な茉莉は曖昧な笑顔で頷く。

「普通……かな？」

「そうなんだ。つまんない」

茉莉が落ち着いて暮らせているから、由紀は安心して、今の境遇を面白がっているようだ。人に吹聴《ふいちょう》することはないと思うが、一応釘《くぎ》を刺しておく。

「今更だけど、私が居候しているってこと、内緒にしてね」

「当然！　変に勘繰られても嫌だしね。私から見れば、茉莉が安村先生に喰《く》われちゃわないか心配するけど」

　意外なことを言われて茉莉の目が点になる。

「安村先生と私？　それはないよ」

「ないんだ？　残念。院長はどうせ、名家の令嬢と政略的な結婚をするんだろうし、安村先生はちょっとチャラいところがあるけど、茉莉と付き合ったら落ち着くかなって思ったんだけどな。でも、合コンしたいとかって、いい年なのにねー」

「そうだね。安村先生って若く見えるけど、院長と同い年って言っていたから……」

「三十五歳だよね。二人ともさあ、医者であの外見ならとっくに結婚していてもおかしくないのに、独身主義者なのかもしれないね」

　昨夜仕入れた、安村と麻酔科医とのゴタゴタを由紀に話したいが、茉莉はグッと我慢する。

「合コンしたいって言うくらいだから、彼女は欲しいんじゃない？」

「どうかな。あ、茉莉っ、時間！　師長に怒られちゃう」

「わ、やばい」

　お喋《しゃべ》りがすぎて、あと三分で昼休みが終わる時間になっていた。二人は慌てて食堂を出たのだった。

翌週の金曜日、由紀の協力のおかげで五人の看護師の参加が決まり、総勢十人の合コンという名の飲み会が始まった。人気のフレンチレストランの個室が予約できたのは、室料が少々高かったせいだったのかもしれない。

しかし、参加する男性は高給取りの医師なので、女性側の参加費は安く抑えることができて、おまけに素敵なフレンチレストランでのお食事なんてラッキーだと、女性達はニコニコしている。

男性側も、何を考えているのかいまいちわからない安村を筆頭に、遊び慣れた若手医師達は、仕事の合間の息抜きを楽しんでいる。

そこに高木が飛び入り参加をしたので、羽目を外してNGな行動をとる人物は皆無という、非常にお行儀のいい会となった。

茉莉の隣に座った安村が、高木にズケズケとものを言う。

「高木が参加したら騒げないじゃないか」

「二次会で騒いでくれればいいよ」

ワイングラスに口を付けながら、高木が返す。

院長と安村の仲の良さを知らなかった看護師達は目を丸くしていたが、二人の会話はまるで同級生の口喧嘩《くちげんか》みたいなので面白がられているようだ。

「高木ってば堅すぎない？　茉莉ちゃん、ちょっと言ってやってよ」

「えっ？」

なんで私が？　と、茉莉はギョッとする。

「安村、下の名前呼びは、セクハラになるからやめろ」

高木が家にいる時みたいな口調で安村を嗜《たしな》めたものだから、参加者全員が食事の手を止めて顔を上げる。

「すまない。つい、いつもの調子で叱ってしまった。安村は子供の頃からの付き合いでね。皆さん、不快にさせたのなら申し訳ない」

高木が院長の顔に戻って参加者に謝ると、隣に座っていた美人と評判の看護師が首をブンブンと振る。

「不快だなんて、全然です。院長先生のいつもと違う一面にドキッとしました」

「ギャップ萌《も》えです！」

他の看護師たちも口々に同意する。

「いい意味でドキッとしてもらえたなら安心だけど」

いい人ぶった口調の高木に、茉莉は胡乱《うろん》げな視線を向ける。すると、また目が合う。高木は目を合わせたまま、『余計なことを言うなよ』的な表情で威圧感を全開にしているので、茉莉はプイッと目を逸らした。美味しい食事に集中しながら内心でぼやく。

（バラすわけないじゃん。なんで裏の顔を知っているの？　って聞かれちゃうじゃない

の）

メインの肉料理が運ばれる頃には、酒も進み皆が打ち解けて和やかな雰囲気になってきた。医師たちは、高木の叔父である副院長の話題で小さく盛り上がっている。副院長は例の歯科医へのハラスメントもあり、院内では医師達に嫌われていた。

高木もそれはわかっていて、副院長が話題に上るたびに苦笑しつつ医師に詫びている。

「僕の代わりに嫌われ役を買って出てくれている面もあるんだよ。でもこの際だ、彼のことで困ったことがあれば言ってほしい。なんでも聞くよ」

茉莉たちがいるのは個室なので声は外に漏れない。だからなのか、アルコールで気持ちがほぐれた医師たちは、口々に院長に苦情を訴える。

そんな同僚たちを尻目に、安村は早速狙いを定めた看護師にピッタリくっついて口説き始めた。美人で性格がいいと評判の看護師だ。

茉莉は隣で安村の行動に呆れながら、黙々と食事を摂っていた。そんな茉莉に、最近入局してきた耳鼻科医が話しかけてくる。

「川田さん、めちゃ食べてるね」

「は、はい。だって、美味しいですから」

テーブルに肘を付き、笑ってこちらを見つめてくるが、なんとなく『俺ってイケメンでしょう』的な笑顔に見えて、茉莉はちょっとだけ気持ち悪いと思ってしまう。

メイン料理の絶品ソースを余すところなく食べてしまいたくて、パンをちぎってソースをすくい取っていると、正面からクスクス笑われる。

「そんなに美味しいの？」

「はい。フレンチなんて滅多《めった》に食べられないですから。ありがたく頂いています」

くそ真面目に答えてイケメン風医師をやり過ごす。しかし、彼は茉莉をロックオンしているつもりなのか、引き下がらない。

「川田さん、二次会に少しだけ参加したら俺と一緒に抜け出さない？」

何を言っているんだこいつは！　気持ち悪くて背中がゾクゾクしてきたが、茉莉はニッコリ笑って首を振る。

「私、二次会には行かないんです。すみません」

きっちりデザートまで食べ終えたところで、時間となった。

安村が立ち上がり、参加者を二次会に誘導する。

「二次会に行く人は、タクシーで移動ですよー」

安村は、美人看護師の背中に手をやり、連れて行く気満々だ。

「茉莉、行かないの？」

由紀が腕を絡ませて、茉莉を二次会に誘おうとするが、茉莉は首を振る。

「行かない。由紀は？」

「茉莉が行かないなら私も帰ろうかな。一緒に帰ろうよ」

「うん」

二人で腕を組んで店を出ようとすると、耳鼻科医の澤井《さわい》が追ってきた。

「川田さん、約束しただろう？　飲みに行こうよ。朝日さんも一緒に行く？」

「え、そうなの？」

由紀が気を使って離れようとする。耳鼻科医を強く拒絶もできず困っていると、高木がやってきた。

「川田さん、帰りますよ」

「えっ？」

腕を取られて引きずられるようにタクシーに押し込まれる。

「朝日さんも帰りますか？」

由紀も誘って三人でタクシーに乗り込むと、高木は窓を開けて耳鼻科医に声をかける。

「澤井くん申し訳ない。川田さんには、明日の朝イチから面倒な仕事を頼む予定なんだ」

そう言って耳鼻科医を黙らすと、窓を閉めて運転手に声をかける。

「すみません、行ってください。朝日さんの家はどの辺ですか？」

「あっ、はい……」

由紀が自宅の住所を運転手に告げ、車は走り出す。茉莉が振り返ると、安村が残ったメンバーをタクシーに誘導しているのが見えた。

「安村先生、ある意味で有能すぎる」

茉莉の呟きに由紀が笑う。

「ハハッ！　水を得た魚っていうの？　飲み会になると、はしゃぐよね」

「確かに。仕事中はそれほどじゃないの？」

「うーん、それなりにやってはいるけど……あれほどキビキビと動けるんなら、もっと仕事をしてもらおうかな」

由紀の毒舌に、高木も笑っている。由紀を送った後、後部座席に移った高木が、茉莉に視線を向ける。

その視線に何やら不穏なものを感じて茉莉は身構えた。腕を組んで目を細めている様は、どう見ても怒っているようにしか見えない。

「えっ、私何かやらかしました？」

「いや」

「いや、って……なんだか怒っているみたいですよ？」

「怒ってはいないけど、なんというか、君は男性に対する危機感が薄すぎる」

「……え？」

なぜか説教が始まった。

「澤井君を、もっとバシッと断ってもいいんだよ」

「そんなことできませんよ。いつ仕事でお世話になるかわからないのに」

「じゃあ君は、仕事で絡む人物には誰にでもいい顔をするのか？」

高木は割としつこい。茉莉はうんざりしながら、真顔で返事をする。

「誰にでもってわけじゃないです。飲み会のいい雰囲気を壊さないように、塩梅《あんばい》を見て対処しているんです。女子ってそういうものなんですっ！」

茉莉がマジギレ状態になったものだから、高木が一歩引いた。

「そうか、うるさく言ってすまなかった。君を心配する必要はないってことだな」

「……」

そう言われると、今度は手を離されたようで少し寂しく感じる。

高木を見上げると、口角を上げてこちらを見つめていた。茉莉は笑顔を作って頷く。

「言いすぎました、ごめんなさい。あの、私が危なっかしく見えるのは当然ですよね。でも、草葉の陰から見守ってもらえると、それはそれで安心します」

茉莉の言葉に高木がブッと吹いた。

「おい、俺を死人にする気か？」

「へ？」

茉莉達の話が聞こえたのか、タクシーの運転手さんの肩が震えて押し殺した笑い声が聞こえる。

「あのな、草葉の陰からっていうのは、『あの世から見守ってください』って意味なんだよ」

「それは何となく知っていたけど、ちょっと笑いを取ろうと思ったんですもん。でもごめんなさい、死人にして」

高木が顔を顰め、運転手さんが堪えきれずに笑い出したところで、車は家の前に着いた。

運転手さんに騒がしくしてごめんなさいとお詫びを言い、茉莉は高木の後を追う。一緒に家に入った後は、互いの部屋に分かれた。

茉莉は部屋のドアを開けようとしたが、ドアが少しだけ開いていることに気がついて、一気に凍りつく。

（えっ……？）

この家で何かが起こるはずがない。ちゃんと閉めるのを忘れて出たに違いない。そう思い直し、茉莉は中に入って電気をつけた。

部屋の中におかしなところはなかった。出て行った時と変わりはない。

バッグを置いて、ベッドに腰をかけてハッとする。ホテルみたいに綺麗にベッドメイキングされている！

今朝出る時は、軽くカバーを掛けただけだったのに……。

「ひ……！」

立ち上がり、茉莉は部屋を飛び出した。足がガクガク震えて上手《うま》く走れない。まるで雲の上を進むみたいに現実感がない。

必死に高木の姿を求めて家の中を彷徨《さまよ》う。

「高木先生！　先生どこですかっ？」

茉莉の切羽詰まった声を聞きつけ、高木が部屋から出てきた。着替えをしていたのか、スエットパンツを履き、シャツの胸がはだけている。

今は、高木の服装などどうでもいい。茉莉は目の前に現れた高木に縋《すが》りついた。

「先生っ！」

胸に顔を埋め、シャツにしがみつく。

「どうした！　何があったんだ？」

しがみつく茉莉の肩を抱き、高木が緊迫した声で尋ねる。

「私の部屋っ、誰かが入っています！」

「部屋？　……あ！」

一気に高木の声のトーンが下がる。そして、茉莉の背中を撫《な》で、優しい声色で話しかける。

「もしかして、部屋の中が綺麗になっていた？」

「……え？　は、はい。綺麗にベッドメイキングされて……。誰かが入ったのは間違いありません」

　茉莉が顔を上げると、高木は困った顔で笑っている。

「え、どうし……て？　なんで笑っているの？」

「ごめん。俺、ちゃんと説明してなかったな。今日は家政婦さんが入ってくれる日だった。長いこと通ってくれている人でね、鍵を預けているから俺がいなくても家中を綺麗にしてくれるんだ。君の部屋もついでに掃除してくれたんだろう」

「えっ……家政婦さん？」

「用心のために、一緒に君の部屋を確認しよう」

　茉莉はヘナヘナとその場に座り込む。彼が信頼している家政婦さんが掃除をしてくれたと聞いて、一気に緊張の糸が切れたのだ。

「言わないで悪かった。本当にごめん」

　高木は腰を落とすと、座り込む茉莉をふんわりと抱き締める。まだ茉莉の手足は震えていて、ショックの大きさを物語っている。

　抱きしめたまま、優しい声で茉莉を宥《なだ》める。

「君が怖い思いをしたことを聞いていたのに、俺はダメだなぁ……本当にごめん」

「……っ！」

急に抱きしめられてびっくりしたけれど、温かい身体に包まれて、茉莉の震えが徐々に治《おさ》まっていく。

（あったかい……）

茉莉は心地よい抱擁がもう少し続くようにと願いながら、高木に身体を預けた。

「ごめんなさい、過剰反応してしまって。先生の家の中なんだから、変な人が入ってくるわけないのに……」

「いや。部屋のものを勝手に動かされることが、君にとってのトラウマなんだろう。ごめん、俺の配慮が足りなかった。それに、精神科に罹れと言っていたのに、時間を取ってやれなかったな。明日、外来師長に話しておくよ」

「先生、それは私が話します。……大丈夫です」

「わかった」

話をしている間ずっと、高木は茉莉を抱きしめていた。

その心地よさに、茉莉の気持ちも落ち着いてきた。二人は部屋に向かい、高木が中を確認して茉莉に告げる。

「ああ、ベッドメイキングのやり方はいつもの家政婦さんで間違いない。でも、嫌なら今度からこの部屋には入らないように話しておこうか？」

せっかく綺麗にしてくれたのに、怖がってばかりで申し訳ないが……。

茉莉はこの家に来てから安心し切っていたので、自分の心の傷を軽く見ていた。でも今日、誰かが部屋に入ったと分かった瞬間、マンションでの恐怖がいきなり蘇り、平静ではいられなかった。

もう少し、もう少し落ち着いてから掃除をお願いしてもいいのかもしれない。それに、この部屋の掃除は自分でできるのだから。

「あの、綺麗にしてもらったことは嬉しいんですけど、この部屋の掃除くらいなら自分でするので大丈夫です」

「わかった。そう伝えておくよ」

高木はそう言ってリビングに戻っていく。廊下の途中で振り返り、茉莉に笑いかけた。

「なあ、コーヒーを淹れるから飲まないか？」

「は、はい」

茉莉はダイニングの椅子に座り、高木がコーヒーを淹れる姿に視線を向ける。

背筋が伸び、綺麗な所作で湯を注いでいる。まるでカフェのバリスタみたいな動きにしばし見とれていると、こちらの視線に気がついたのか、ニヤッと笑いかけられる。

「なんだよ。穴が開くだろう」

「すみません。あの、学生時代、コーヒーショップでバイトなんてしていませんよね？」

「あ？」

「いえ。動きがプロっぽいので、つい。でも、バイトする暇も必要もないですよね」

「してないけど、コーヒーは好きだから色々と研究はした」

「へぇ」

テーブルに二人分のコーヒーを置き、高木が茉莉の正面に座る。

「どうぞ、とっておきの豆だ」

とっておきの豆だなんて……なんだか、さっきの動揺が嘘みたいに消えて、今はくすぐったいような心持ちになってきた。茉莉は淹れてもらったコーヒーを手にする。

「頂きます」

口をつけると、深みのある甘い香りが茉莉を包み込む。

「美味しい……」

お砂糖とクリームが茉莉の好み通りに入っている。おまけに香りがとてもいい。すーはーと鼻腔《びくう》を広げ、素敵な香りを堪能する。その姿を目にした高木がにんまりと笑うが、茉莉はコーヒーに夢中で気が付かない。

思う存分堪能して、ひとまずコーヒーをテーブルに戻した。

「随分と気に入ってくれたみたいだな」

顔を上げると、高木がクスクスと笑って茉莉を見つめる。その眼差《まなざ》しが特別に優しくて、茉莉の胸がドキンと鼓動を打った。

「はいっ！　すごく美味しかったです。甘い香りがして、今まで飲んできたコーヒーとは全然別物って感じです」

「コロンビアのスペシャリティーコーヒーだ。そういえば、豆屋が花と果実の香りがなんとかって言っていたな」

「お、私すごくないですか？」

「うん。すごいすごい」

揶揄《からか》い気味に褒められても嫌な気にならない。胸がますます騒がしく鼓動を打つものだから、茉莉はさらにはしゃいだ声を上げる。

「先生、ありがとうございます。特別なコーヒーもそうですけど、こんなに親身になってくださって、私、先生に足向けて眠れません」

「言ってくれるねえ。あのさ、聞いていいか？」

「はい」

「前から感じていたんだけど、君は俺のことを特別視しないよな？　以前から、仕事中でもそうだけど、院長だからって身構えずに自然体でいられるのはなぜなんだ？」

茉莉はずっと高木の外来についているけれど、最初から他の外科医に接するのと同じ態度を取り続けている。

それは、意識してそうしているのではなくて、茉莉にとっては自然なことなのだ。

「それに、俺はプライベートでは口は悪いし、思ったことをバンバン言うけど、君はなんともないよな？　俺のこと、怖くないのか？」

あらためて聞かれて言葉に詰まる。茉莉は自分の心に尋ねながら、高木に気持ちを伝えようとした。

「怖い？　全然です。先生はとことん優しい人です。……多分、その人の本質って、なんとなく感じられるものだと思うんです。それに、同調効果っていうか、私は意識せずに相手の気持ちに合わせちゃうところがあるので、そのせいだと思います」

「そうなのか？　君は、なんというか……興味深いな」

「そ、そうですか？　と、とにかく、先生への恩は大きくて、足を向けて寝られないってことです。今日だって……本当にありがとうございます」

「そうか？　じゃあ、仕事で恩を返してくれ。その分、ボーナスは弾むから」

「えっ。それって私にとっては、いたれりつくせりじゃないですか」

「まあな。そうだ、耳鼻科の澤井くんだけど……」

いきなり話が変わって一瞬戸惑うも、今日の飲み会で茉莉にしつこく絡んでいた医師のことで何か言いたいのだろう。

「はい。あの先生が何か？」

「彼は、赴任してまだ日が浅いから、人となりがまだ摑《つか》めていない。医者の中には、病院スタッフを軽く扱う人間が一定数いるので、注意してほしい」

今夜、澤井医師を牽制《けんせい》したのは、彼の人柄がわからないから用心をしてのことだったのか？　高木の親鳥みたいな行動にありがたく思いつつ、茉莉は何故かガッカリしていた。

高木にかなり心配されていたから、自分だけ彼にとって特別なのかと勘違いしかけていたのだ。

茉莉は気を落としたことを悟られないように、笑顔で高木に礼を言う。

「ありがとうございます。あの先生がいい人だといいんですけど。これからはそういうことも含めて気をつけます」

「うん。頼むな」

それから高木は、マンションでの出来事を少しずつ茉莉に質問する。この家に来いと言ってくれた時に、ある程度話していたけれど、詳細についてはなかなか言えなかった。

「トラウマレベルの出来事だろうから俺も気を遣って聞けずにいたんだけど、今後のために聞かせてもらっていいか？　部屋が荒らされたというのは、どの程度の荒らされようだったんだ？」

「はい。ベッドで寝た後があり、布団やシーツがぐしゃぐしゃになっていました。床やテーブルに食べカスや私のものではないビール缶が転がっていました。明らかに部屋で普通にすごした跡が残っていたんです。でも、不思議なんですよね……」

「何が？」

「鍵です。私がかけ忘れて部屋を出たとは今も考えられなくて、ピッキングされた跡もないと警察から聞いたので、普通に鍵を開けて入っていた気がします。それが事実なら、余計に怖いですよね。事件のあとで鍵を変えてもらっているので、なんとか生活はできましたけど」

「そうか。いやなら答えなくていいんだけど、ベッドは汚されていたのか？　その……」

高木の言いにくそうな様子で、彼の聞きたいことが茉莉には理解できた。

「いいえ、ただ寝て起きたって感じでした。その意味ではシーツは汚されていなかったんです」

「変なことを聞いて悪かった。もし一連の騒動が君への性的な興味によるストーキング行為だとしたら、もっと用心しないといけないと思ったんだ。でも何だか、部屋を間違えて入ってきてそのまま寝て出て行ったたって感じで、空き巣にしては呑気《のんき》だな」

「そうですね。私も他人事なら笑えるんですけど。……でも、その後の押し入ろうとした人はものすごく怖かったです。まるで薬かアルコールで分別がつかなくなった人みたいで、『殺すぞ』と凄《すご》まれた時には、狂っていると感じました。彼が空き巣の犯人と同一人物であるかはわからないんですけど……」

「警察はあれから？」

「全然です。憶測ですけど、調査もしてないと思います。私から話を聞いて被害届を受理したらそれで終わりって感じじゃないですかね。警察も忙しいでしょうし」

「うーん。なんとも言えないけど……ただ俺は、君がこの家で心安らかに過ごしてくれたら、それだけで嬉しい」

優しい人。

でも、ずっとこの家にはいられない。茉莉は笑顔で頷きながら高木に礼を言った。

「はい。ありがとうございます。賃貸情報をネットで探しています。見つかるまで、もう少しここにいさせてください」

「恐怖心が消えるまで、いつまでもいてくれ。安村が鬱陶しいなら、速攻で追い出すし」

「ははっ！　彼はある意味、癒しの存在ですよ」

「まあな。ところでアイツは何やってんだ？」

「安村先生、朝帰りですかね？」

3. 穏やかな日々と来訪者

「なあ、川田さんが『草場の陰から見守ってください』って俺に言うんだよ。どう思う?」

翌朝、深酒が響いて半分死んでいる安村に、高木が味噌汁《みそしる》を渡しながら話しかける。

「……え、何?」

経緯を知らない安村が、不思議そうに言葉の意味を問いかける。茉莉は高木をちょっとだけ睨《にら》みながら、昨夜と同じ言い訳を繰り返した。

「ちょっと笑いを取ろうとしただけです。高木先生しつこいですね」

「今頃気がついたのか?　俺は執念深いんだよ。久々に笑えたんだから、もう少し楽しませてくれ」

「いえ!　これ以上は人に言わないでください。私の知能が疑われますから」

「茉莉ちゃん、自分を落としてまで高木を笑わせなくてもいいのに」

「本当ですよね!　今ものすごく後悔しています。ということで、高木先生、先生を楽しませることは、今後絶対にしませんから」

「それはつまらないな。交渉の余地はあるのか？」

「ないです」

安村の一言で立場が逆転したので茉莉は満足して話を終わらせた。そういえば、昨夜の首尾を聞かなくては。茉莉は味噌汁を啜《すす》ると、安村に問いかける。

「安村先生、あれから美人の看護師さんとは仲良くなれたんですか？」

「あー、それ聞く？」

「はい、めちゃくちゃ気になります。どうだったんですか？」

「んー、微妙……」

「あら」

三人とも急いで朝食を食べながら会話を続ける。

「やっと二人っきりにはなれたんだけど、お兄さんから電話が入ったとか言って帰ったんだよ」

「あ――それって……」

茉莉が気の毒そうに天を仰ぐと、高木も箸を止めて頷いている。

「体良く振られたな。安村、諦めろ」

今朝は安村の話が長くなってバスに遅れてしまったので、茉莉は高木の車に乗せてもらって出勤した。病院のすぐ近くのコンビニで車から降ろしてもらい、あとは徒歩で出勤する。

悪いことをしているわけじゃないから、こそこそする必要はないのだけれど、これも自己防衛のためだ。

院長の家にいることが知られたら、よく思わない人がいるだろう。対人関係で今の病院を辞めたくないので、そのためには悪目立ちしないことが大切だ。

今日は午後から休みをとっているので、不動産屋に行こうと決めていた。前回の不動産屋はやめて新しいところに行くつもりだ。

白衣に着替えて外科の処置室に向かうと由紀がいた。

「おはよう」

「おはよー。あれから大丈夫だった?」

「ん?」

「院長ってば、タクシーの中でずっと仏頂面だったたから、何か言われたのかなって思って」

「由紀ってば凄い。そうなのよ、後でぐちぐちと説教された」

「やっぱり」

由紀がクスクスと笑い、茉莉は横腹を肘で突かれる。

「なんだろうねー。オタク達って仲いいよねー。まさか院長と付き合ったりしないよね？」

「えっ？　ま、まさか」

由紀の言葉に、どうしてだか茉莉は動揺してしまった。高木に対する好意を由紀に気づかれたのかと思ったのだ。

他の看護師がやってきたので茉莉は小声で制する。

「由紀、もう話はおしまい」

「はいはい。今日はお昼からお目当ての部屋を見に行くの？」

由紀には事前に不動産屋に行くことを話していたのだ。

「うん。ネットで見つけた不動産屋を二軒ほど回ろうと思ってるんだ。また相談に乗ってくれる？」

「もちろん！　いいところが見つかるといいね」

ネットで見つけた不動産屋で内見をしたが、玄関ドアが今の部屋と似ていて、それだけで気持ちが萎《な》えてしまった。

もう一軒行こうと思いつつも気が向かず、茉莉はすごすごと高木の家に戻った。

（私、一生ここから出られないかも）

今日、部屋を見に行った時、恐怖が消えていないのが自分でもわかった。気持ちが落ち込みそうになるが、焦らないことが一番だと自分に言い聞かせる。警察からはいまだに何も言ってこない。犯人がわかって、理由を聞けたら何か変わるかもしれないのに……。

せっかく前に進もうと思っていたけれど、後ろ向きな気持ちになってしまい茉莉は沈んでいた。部屋でゴロゴロしていたのだが、これではいけないと思い起き上がる。

いつも食事を作ってもらってばかりだから、今日くらいは夕食を作っておこうとスーパーに向かう。

カレーの材料を買って戻り、早速作ることにした。今日はキーマカレーだ。

玉ねぎを大量にみじん切りにして、ひき肉を使って作っていく。

最悪、院長と安村が外で夕食を摂《と》っても、冷蔵庫に入れておけば明日以降に食べてくれるだろう。それに、キーマカレーは、他の料理に使い回しができるから便利だ。

カレールーを入れると、いい匂いがしてきてお腹が鳴ってきた。

（高木先生、喜んでくれるかな？）

カレーを食べる高木を想像して、少しだけ気持ちが上向きになってきた。

高木のことを考えていると、玄関から声がする。

「なんかいい匂いしない？　えっ、茉莉ちゃん、もしかしてカレーを作ってくれたの？」

安村だ。スーパーの袋をガサガサさせてキッチンにやってくる。

「お疲れさまです。せっかく買い物してくれたのにすみません。昼から休みだったのでカレーを作っちゃいました」

「ありがとう！　これは別の日に食べればいいから問題ないよ。茉莉ちゃんのカレー楽しみだな」

「いえいえ。市販のルーを入れているだけなんで、期待はしないでください」

「するよー。あっ、明日は僕、当直なんだ。茉莉ちゃんはいつ？」

「私は来週の日曜です。ウチの病院が外科当番らしいので、事故関係とか沢山来そうで今から震えています」

「もしかしたら、医師は高木かな？」

「ですかね？」

高木が当番なら心強い。茉莉は食事の準備をしながら、安村とくだらない話を続ける。

このなんでもないひと時が茉莉にとっては安らぎで、ものすごくありがたいのだった。

高木の家にも慣れ、仕事を終えて帰れば誰かがいる生活は茉莉の心に安らぎを与える。

いい部屋が見つかったら一人暮らしをしなくてはいけないけれど、ここまで快適な生活をしていると出ていくのは難しくなる。

そこが少々悩みの種だ。

安村は場を明るくしてくれる名人だし、高木と安村の舌戦を聞くのは楽しい。

それに、帰宅後の高木と仕事の相談やたわいのない話をするのが楽しみで、彼にどんどん惹《ひ》かれていくのを止められない。茉莉はそんな自分に戸惑ってしまう。

高木になんとなく好かれているのは感じるのだが、自分の願望がそう思わせるのか、それとも本当に好かれているのか、客観的に考えることができない。

高木の想《おも》い人が他にいたとしたら、ショックが大きいだろうと思う。

彼の帰宅が遅いので、安村とテレビを見ながら夕食を終え、茉莉は自室で休んでいた。お風呂にも入ってメイクも落とし、パジャマでのんびりと過ごしていたのだが、二十三時頃、誰かが帰ってくる物音を聞きつけてキッチンに向かう。

スーツ姿の高木が、疲れた様子で冷蔵庫から出した水を飲んでいる。

「悪い、起こした？」

囁《ささや》きに近い声で尋ねられ茉莉は首を振る。

「起きていました。お疲れさまです、遅かったですね」

「医師会の会合があって、ずいぶん飲まされた。こういう集まりは、副院長に任せて早めに帰るんだけど、今日は逃げられなかった」

顔色は変わっていないけれど、動きが緩慢なのは酔いのためらしい。残しておいたカレーは食べないだろうと、茉莉はカレーの入った鍋を冷蔵庫に片付けることにした。目ざとい高木が鍋の中を覗きこむ。

「カレーか、ちょっとだけ食べたいな」

「大丈夫ですか？」

「ああ。酒ばかり注がれて、あまり食べてないんだ。カレーなら食べる」

「じゃあ、少しだけ」

「ありがとう」

五穀米を交ぜて炊いたご飯をカレー皿に軽く盛り、少し温めたキーマカレーをよそう。

「卵、乗せます？」

「いや、そのままでいいよ」

テーブルに置き、茉莉は正面に腰をかけた。以前は高木の正面に座るのが恥ずかしくて少しズレて腰掛けていたのだが、最近ではもう慣れてきた。

それは、彼がどんな茉莉でも受け入れてくれて、いつも笑ってくれるからだ。自分を卑下することもなく、自然体でいられる。

カレーをゆっくりと味わう高木を見つめていると、茉莉の胸に感謝だけじゃない、彼への愛《いと》おしさが込み上げてくる。

頬杖《ほおづえ》をついて見つめていると、高木がふと顔を上げる。

「美味い。これ何カレーだっけ？」

「キーマカレーです。今は専用のルーが売っているので、お手軽にできるんですよ」

「そうなのか？　手間をかけたような深みのある味だ」

「ふふ……。先生、騙《だま》されたらダメですよ」

茉莉がそう言うと、高木がフッと口角を上げる。

「君になら、騙されてもいいよ」

「……えっ？」

一瞬、時が止まり、茉莉は高木と見つめ合っていた。

目を細めて自分を見つめる彼の表情から、穏やかで優しい想いが伝わってきて、何故か茉莉を切なくさせる。

「君は素顔も綺麗だな」

その言葉に目を見張ると、高木が照れたような笑みを浮かべる。

「いや、忘れてくれ。これはＮＧだ。ただのセクハラオヤジに成り下がるところだった」

そう言って高木は、自らが放った言葉をないものにする。

でも、彼から放たれた言葉の破壊力は絶大で、茉莉は放心したまま、行儀良くカレーを食べる高木をただ見つめるのだった。


そんな濃い出来事で始まった週の半ば過ぎの日。

疲れが積もった茉莉がよろよろと帰宅すると、玄関の鍵が開いており、知らない女性がキッチンでお茶を淹れていた。

棒のように突っ立って、茉莉はその女性を後ろから見ていた。高木の家族に違いないと思い、思い切って声をかける。

「あっ、あの……」

「え？」

振り返った女性は五十代くらいだろうか、女性にしては高身長のスラッとした体型で、少し高木に顔が似ている。

「すみません。あの、初めまして。私、高木先生の病院の看護師で、川田茉莉と申します。事情があってこちらでご厄介になっています」

「あら、そうなの？　川田さん、よろしくね」

突然現れた茉莉に驚きもせず挨拶を返す。

「お茶飲まない？」

「は、はい」

女性は茉莉の目の前で、慣れた様子でお茶を注ぐ。そして、ダイニングテーブルに美しいティーカップとクッキーの入った小皿を置いた。

「いただきましょう」

優雅に紅茶を飲んで一息つくと、茉莉をジッと見て笑顔を浮かべる。

「ウチに若い女性がいるのを見るのは新鮮だわ。あ、申し遅れました。私は光輝の母です」

「は、はいっ」

かなり緊張している茉莉は、はいとしか言えなくて、せっかく淹れてもらった香り高い紅茶の味もわからずに口に含む。それでも、深い茶葉の香りにうっとりと目を閉じた。

茶器を置き、上気した頬で、高木の母に笑顔を向ける。

「美味しいです」

「それはよかったわ。ところで、ここに住むことになった事情って何？　あ、単なる興味だから気にしないでね」

「はい」

茉莉はできるだけ簡潔にマンションで起きた空き巣と深夜の玄関での騒動を話した。

「……で、当直を繰り返す私に気がついた院長が事情を聞いてくれて……、マンションにいるのが怖いならウチに来ればいいって言ってくださったんです」

「そうだったの……。それは怖い思いをしたわね」

「……犯人の声が、今でも忘れられません」

「仕事では色々と脅されることはあるけど、自宅でそれをされると厳しいわね」

仕事と聞いて、茉莉はふと高木から聞いた話を思い出した。そういえば、この方が自分の手術をしてくれた人なんじゃ？

茉莉は、いきなり身を乗り出して高木の母に問いかける。

「あのっ、つかぬことをお伺いしますが、粉川病院で十五年ほど前に足の大怪我の手術をされましたか？　実は私、犬を助けようとして崖から落ちて、この病院で手術をしてもらって入院していたんです」

「えっ？」

茉莉の勢いに若干引き気味だったが、高木の母は腕組みをして天を仰ぐ。

「……あのね、そんな昔のこと覚えていないと普通は思うでしょう？」

「はい。すみません、いきなり昔のことを聞いてしまって」

しゅんとして俯《うつむ》く茉莉に、高木の母は笑いかける。

「それがね、医者っておかしなもので、患者さんの顔は覚えていないのに、傷口や名前は覚えているものなのよ。変でしょう？」

「え……？」

「覚えているわ。女の子だから、めちゃくちゃ丁寧に縫ったのよ」

「あっ……やっぱり！　その節はお世話になりました」

頭を下げる茉莉に高木の母は意外なことを言う。

「ちょっと、傷跡を見せてくれない？」

「え、あ、ここで？　は、はい」

男性陣は誰も戻ってきていないし、ダイニングで見せてもいいかなと、茉莉はスカートを上げて足を露《あら》わにした。

「うわ！　記憶が甦《よみがえ》るわ。あの時は丁度夫も実家にいて、父も手術に入ったから、三人がかりの大変な手術だったのよ。夫がレントゲンを撮って骨折の有無を確認してね。それから、父が筋膜切開をして血腫を取り除いたり……。裂傷の縫合は私。奇跡的に骨や動脈は無事で、出血も少なかったの。本当に、不幸中の幸いだったわ」

「筋膜切開まで……。だから、長い間入院していたんですね。私、自分がどれほどの状態だったのか全然覚えていなくて、ただ若い女性の先生が手術をしてくださったのと、入院中の窓から見えるワンコを覚えているんです」

それから、学生時代の若い高木の姿も覚えている。それは言わなかったけれど。

高木の母と話をしている最中に、物音が聞こえ茉莉は振り返った。

「何をしているんだ？」

高木がダイニングの入り口で立ち止まり、驚いた表情でこちらを凝視している。

「あら、帰ったの？」

慌てもせずに高木の母が息子に声をかける。茉莉は慌ててスカートで脚を隠した。

スカートを腿《もも》の上までたくし上げていたから、絶対に脚を見られている。恥ずかしかったけれど、平気な顔をして高木に声をかけた。

「お疲れさまです。今、お母様と私の手術の時の話をしていました」

「ああ。どうせ、術痕を見たいって母が言ったんだろう？」

「そうよ。あれほどの怪我だったのに、傷跡は綺麗だったわ」

「得意そうに言うなよ。で、今夜は泊まるんだろう？」

「ええ。二階の客間が空いてるよね？　ねえ、夕食はお寿司《すし》でもとらない？」

「いいね。四人分注文しよう」

「四人？」

「安村が居候している」

「あら、懐かしいわねえ。もう戻ってくるの？」

「ああ」

親子が話をしている間に、茉莉は茶器をキッチンに運び、丁寧に洗って乾燥させる。

「あの、私、部屋に戻ります」

「夕食になったら呼ぶからおいで」

「はい」

茉莉がダイニングを出て行こうとすると、親子の会話が耳に入る。母親が笑いを含んだ声で言う。

「事情があるとはいえ、あなたが女性を家に入れるとはね」

冷やかされているみたいだ。

「ちょっと黙ってもらっていい？」

高木は、キッチンで作業をしながら冷静な声で対応している。

いい親子関係だなと思いながら、茉莉はダイニングを一旦後にした。

(今夜はお寿司かぁ……きっとお高い寿司なんだろうなあ)

いつも夕食を作ってもらっていたから、時々茉莉が買い物をして材料を補充したり、料理を作ったりしていた。今夜はわざわざ寿司をとるのだから、せめて自分の分は支払いたい。

実は、家賃のこともきちんと話せていない。お世話になる時に一度話そうとしたら、『マンションの家賃を払い続けているんだろう？　俺が誘ったんだからもらえない』と言われて、そのままになっていたのだ。

三十分ほどして高木に呼ばれてダイニングに向かうと安村も帰宅していた。

「茉莉ちゃん、寿司だよ！」

寿司にはしゃぐ安村は、とても三十を超えているとは思えない無邪気さだ。

「お寿司……久しぶりです」

「母の奢《おご》りだ、遠慮せず食べろ」

「お母様の？　すみません。あの、ご馳走《ちそう》になります」

テーブルの上には寿司にお吸い物、それにちょっとしたツマミとビールまで用意されている。

申し訳なくて若干固まっていると、高木が茉莉の肩を叩く。

「遠慮してどうする？　この人めちゃくちゃ高給とりで奢り慣れているんだから、気にせずに食べろ。仕事の時にはガンガンくるのに、今日はどうした？」

「先生、仕事の時には妙なアドレナリンが出てるんですよ。プライベートまで元気いっぱいだったらどうかしていますよ」

「え、それ僕のこと？」

安村がヘラヘラしながらビールを口にする。

「あ、そういえば安村先生はどうかしていますよね。なんか、言いすぎちゃってすみません」

「茉莉ちゃんの歯に衣着せないとこ、僕は好きだなあ」

「はぁ、好かれても困ります」

「ははっ、ひどいなー。まあ飲んで」

安村が笑いながらビールを注いでくれるので、ありがたくいただく。半分ほど飲んでグラスを置き、フーッと息を吐く。

「美味しい」

「おい、弱いんだから飲みすぎるなよ」

「でも、家だし……」

「光輝いいじゃないの。寝るだけなんだし。ね？」

「はいっ」

高木が過保護な母親みたいなことを言い、高木の母は物分かりのいい大人の発言だ。

普通は逆な気がしたが、茉莉は気にしないことにした。それに、なんでも遠慮ばかりするのも居心地悪いし、なんだか自分らしくない気がする。

優しさや思いやりはありがたく受け取って、恩は後で返そう。茉莉はそう割り切って口角を上げる。

「高木先生、お寿司頂きます！　あ、お母様の方です」

茉莉の吹っ切れたような言動に、高木の母は笑ってさらにビールを注いでくれる。そうして、楽しい夜は更けていくのだった。

朝、ぼんやりした頭で身支度をしてキッチンに行く。時刻はまだ六時半、誰か起きているだろうか？

するど、高木がキッチンでフルーツを切っていた。

「おはようございます。先生、手伝います」

「おはよう。昨夜はかなり飲んだけど大丈夫か？」

「うーん。頭痛はないので、多分大丈夫です」

「じゃあ、コーヒーを入れてくれ。パンは？」

「食べられないかも。あ、私ヨーグルト買っていました」

「じゃあヨーグルトも用意してくれ」

高木に言われたのでコーヒー豆をマシンに入れていると、安村が起きてきた。

「おはよう。あれ、先生は？」

「ウチの病院に出勤」

「えっ、なんで？」

「今日、母が執刀するオペがあるんだよ。六時には張り切って出て行った。俺に『あなた頑張りなさいよ』ってニヤついていたけど、意味わからんわ」

「だねー。あ、茉莉ちゃん僕もヨーグルトほしい」

「はい。みんなの分ちゃんとあります。シリアルは入れますか？」

「入れる。ナッツは？」

「そんな小洒落《こじゃれ》たものはないです」

全く、安村はお坊ちゃんみたいに手がかかる。そういえば自分のことをボンボンだと言っていたし、本当にいいところの坊ちゃんなのかもしれない。

茉莉は（まぁ、どうでもいいけど）と思いながら、安村に尋ねる。

「安村先生は、いいとこのお坊ちゃんなんですか？」

コーヒーをマグカップに淹れていた安村がクスクスと笑う。

「自分では普通言わないけど、僕はボンボンだね。なぁ高木？」

「秀明会《しゅうめいかい》グループって知らないか？　以前、腎移植で話題になった」

「……あ、知っています！　え、そこの……？」

「そ。そこの三男坊。安村は名家のお坊ちゃんだよ。俺なんかとは比べものにならない」

「へえ……」

秀明会といえば、全国に病院が点在する巨大グループだ。だから、女医さん達に狙われたのか！　茉莉は気の毒そうに安村を見やる。

「茉莉ちゃんってさあ、僕のこと男だと思ってないでしょう？」

「え、どう見ても、男性ですよね？」

「そうじゃなくて……」

「おい、朝ごはん食べるぞ。安村うるさい。いい加減にしないと追い出すぞ」

「あ、それはやめて。もうちょっとだけ置いてよ」

まだ麻酔科の美人医師とのゴタゴタが収まっていないようだ。茉莉は気の毒そうに安村を見やってコーヒーを飲んだ。

4. 解けた謎と新たな悩み

そんなこんなで、救急当番の日がやってきた。

久々なので武者震いがする。今日くらいは車に同乗して出勤しろと言う高木に首を振り、茉莉はバスで病院に向かう。

ナース服に着替えて救急棟に向かい、受付の事務に手を振って処置室に入る。

医師用のパソコンやその他周辺機器の電源を入れ、薬剤などの在庫の確認を手際よくやっていく。当番の師長と看護師がコンビを組むのだが、今日の相棒は外来師長だった。

茉莉は外来師長とは相性が悪いので、なんとなく不安だ。

救急当番の時には各部署の人員が一人か二人なので心細い。その代わりに一体感は強く感じられるものだから、今日をきっかけに外来師長との関係が良い方向に進むことも願っていた。

中央材料室から足りないものを調達して廊下を歩いていると、事務当直に呼び止められる。

「川田さん、院長先生がどこにいらっしゃるか知りませんか？」

「院長室じゃない？　スマホには出ないの？」

「院内スマホに連絡しているんですけど、出ないんです」

「わかりました。私の方で連絡してみます」

茉莉は自分の荷物からスマホを取り出すと、高木の個人用の番号に連絡をする。

ツーコールで出たので、慌てて院内スマホに出るよう伝える。

「悪い。電源を入れ忘れていた」

珍しい。院長でもミスをするのか。茉莉は電話を切ると事務に伝えに走った。

「院長先生は電源を入れ忘れていたみたい。今なら大丈夫だから連絡してみてください」

「あっ、ありがとうございます」

すると、受付の中で夜間の日誌を確認していた師長が声を上げる。

「院長がどうかしたの？」

「外線が入っていたので院内スマホに繋ごうとしたら通じなかったんです。でも川田さんが院長に言ってくれて、助かりました」

「そう。どうやって連絡つけたの？」

師長が院長と茉莉の関係をどこまで知っているのかわからなかったし、事務員に携帯番号を知っている仲だと知られると妙な詮索をされても困るので、咄嗟《とっさ》に曖昧な返事を返す。

「たまたまです。連絡したら、繋がりました」

「……そう」

一応ことなきを得たが、茉莉の胸にモヤモヤが残る。

(本当のことを言った方がよかったのかな？　院長の個人的な番号を知っているスタッフって他にもいるかもしれないし)

そう思ったけれど、やはり茉莉は言えない。師長が自分にむける視線や言葉使いに、微量の『敵意』を感じるからだ。気のせいであってほしいけれど、やっぱり外来師長とはそりが合わない。

でも、救急ではスタッフのコミュニケーションがうまくいかないと連携がとれないので、そこはしっかりやっていこうと気を引き締める。

(とにかく頑張ろう)

茉莉は処置室に戻って仕事の続きをするのだった。

午前中の救急車二台と、連絡なしでやってきた患者などの診察が終わり、昼食後のお茶を飲んでいた時だった。

事務から、喧嘩《けんか》で胸部を打撲した患者が救急車で運ばれるとの連絡があり、茉莉は市内の消防と連携している搬送者一覧をネットで確認する。

「三十二歳男性、喧嘩《げんか》にて胸部打撲……これかな？」

すぐにサイレンが聞こえてきたので、閲覧していたサイトからログオフして救急入り口に向かう。高木も院長室から下りてきて一緒に待っていると、救急車の回転灯が遠くに見えてきた。

「胸部打撲と消防が言っていたな。放射線科にＣＴ撮ると連絡しといて」

「はい」

高木にそう言われ茉莉はすぐに連絡をする。

「お疲れさまです。喧嘩で胸部打撲の患者さんが救急車でもうすぐ来られます。ＣＴ撮影の予定です」

「了解です」

気遣いの人、院長のやり方だ。あらかじめ連絡しておく方が何ごともスムーズに行く。

やがて救急入口前に救急車両が停車する。

同乗者がいれば患者の保険証などを預かるので、事務が先に外に出ていく。しかし、すぐに戻ってきて茉莉達に首を振る。

「付き添いはいませんでした。患者さんの氏名はわかったので、登録がないか検索してみます。何科で受付しましょうか？」

「胸を打っているらしいから外科にしておいて」

高木は即座に答える。

「はいっ」

ストレッチャーに乗せられて入ってきた患者は、大声で叫び手足をバタバタと動かして暴れている。ギョッとする茉莉に、高木が声をかける。

「放射線科の彼を呼んでくれる？」

「はいっ」

今日の放射線科の当番は元ラガーマンの屈強な男性だ。自分だけでは敵《かな》わないと高木はすぐに判断したのだろう。

茉莉が電話をしている間に、救急隊員が高木に患者の説明をしている。

「坂井翔《さかいしょう》、三十二歳、男性。繁華街で喧嘩をして、数人に胸部を蹴られて受傷。顔面にも出血をしています。その他目立った怪我はなしですが、救急車内でも大声で暴れていました。かなり飲酒をしているようです。後で病院に警察の担当者が来ると思います」

「はい、了解。川田さん、拘束具出しといて」

「は、はいっ」

動きが激しくて処置ができない患者さんのために、四肢を縛って動けないようにするバンドがあるのだが、茉莉はそれを処置室で探しだした。

放射線科の男性もやってきて、患者が処置室に運ばれる。事務と消防が男性の持ち物から保険証を見つけて無事に受付はできたようだ。

冷静な高木の指示のもと、慌ただしい救急の仕事が進んでいく。茉莉は彼の統率力や段取りのよさに感嘆しながら、必死に動いていた。

「坂井翔さん、聞こえますか？　ここ病院です。ちょっと身体触りますね」

高木が声をかけて男性のシャツのボタンに手を伸ばす。消防の職員も、患者が暴れるかもしれないということでまだ処置室にいてくれる。

「んがあー」

酔って叫ぶ声はまるで野獣だ。茉莉は高木の隣に立って身構える。患者の身体を触りながら高木が呟く。

「他に目立った打撲はなさそうだな。ちょっと胸を触りますね」

負傷部分が赤くなっている。そこを高木が押すと、患者が大きく動いた。

「うがっ、痛いやないか！」

言葉を発すると、途端に人間らしくなってきた。叫ぶ患者に高木は全く怯《ひる》まない。

「川田さん、採血」

「はいっ」

高木が淡々と他の骨折の有無を確認する間に、茉莉は採血の用意をする。

「検査をするので血を採りますね。ちょっとだけチクッとしますよ」

茉莉が声をかけると大人しくしてくれたが、ずっとわけのわからない言葉を叫んでいる。

酩酊《めいてい》状態だから仕方ないけれど、そろそろ落ち着いてほしいところだ。

「ズボンを脱がすから、川田さん手伝って」

「はい」

高木が素早くファスナーを下ろし、放射線科のラガーマンが腰を持ち上げ、茉莉はズボンの生地を引っ張る。その間、患者が足をジタバタさせたので蹴られるかと思った。下着だけにしてから高木が怪我の有無を確認した後は、タオルケットを身体にかけて放射線科に向かう。

患者を移動させながら、高木が茉莉に指示を出す。

「スピッツを検査室に持って行って、その後放射線科に来てくれる？　それから、師長はどこ？　救急に来てもらって」

「はいっ」

そうだ。救急車騒ぎで思い出しもしなかったけれど、師長はどこにいるのだろう？　行き先の申し送りもなかったが……。

茉莉は検査室に向かいながら院内スマホで師長に連絡をする。何度も鳴らしてようやく出てくれた。

「川田です。師長、救急に来てもらえますか？」

「今忙しいんだけど、何？」

「私と院長は放射線科に行きますので、救急の処置室が今無人なんです。在室してほしいと院長からの伝言です」

「……わかったわ」

院長の名を出すと渋々応じてくれた。茉莉はまたモヤモヤしたけれど、師長も何か事情があるのかもしれないと思い個人的な感情を胸にしまう。

検査室に入り、技師に患者の血の入ったスピッツを渡す。

「お願いします」

「あ、川田さん、先生のオーダーがまだなんですけど」

「放射線科でオーダーすると思います。もうすぐかな。お願いします」

「はーい」

茉莉は急いで放射線科に走る。救急当番はとにかく忙しい。

患者さんがいる時に院内で走るのはNGだけれど、今日は休みだから遠慮なく走れる。

放射線科では、患者がCT室に運び込まれるところだった。見ると、四肢を拘束されている。中で暴れないといいけれど……と思いながら、茉莉は画像を見る部屋に入る。

「おう、お疲れ」

「院長、オーダー早くしてって、検査室が」

「今した。師長に連絡した？」

「はい。院長の名前を出したら、了解してくれました」

「どこにいたの？」

「あっ、すみません、聞いていません」

「そう。渋々って感じ？」

はい。と言えなくて、茉莉は小さく頷く。

「院長、あの、穏便にお願いします。私が言うことじゃないけど」

「わかってるよ、彼女の処遇に関しては俺に決定権はない。看護部長が決めることだ」

そう言いながら、高木は患者の画像を見ている。

「うん、血腫《けっしゅ》もないな。骨折だけ。後は……肝臓の数値待ちか」

「え、肝臓？」

「あれ、アル中だと思うよ。白目が黄色で、肌も同じく乾いた黄土色。若いのにやばいね。まだ酩酊状態だから一晩入院させるかな」

ＣＴ撮影が終了して、高木と一緒に患者を救急処置室にストレッチャーで運ぶ。その間、患者は静かだったが、処置室で拘束を解くと急に腕を振り回した。

「きゃ」

咄嗟に避けたが、茉莉は足を滑らせて転《こ》けそうになる。すぐ近くにいた高木に後ろから抱き止められて助かった。

「大丈夫か？」

「す、すみません。びっくりした」

患者の方を見ると、血走った目をこちらに向けている。確かに、白目の部分が黄色に見える。茉莉は数秒間患者と見つめ合っていた。それがいけなかった。

自分を凝視する茉莉を敵と見なしたのか、患者が大きな声をあげたのだ。

「コロスぞ！　ゴラァ」

（……えっ？）

高木が患者と茉莉の間に立ち、患者に注意をする。

「坂井さん、やめてもらえますか？　大事なスタッフに暴力や暴言を吐かないでください」

その時、処置室のドアが開き、事務が顔を覗かせる。

「あのぉ……警察の方が見えました」

「あ、入ってもらって」

高木が警察官と話をしている間、茉莉は呆然《ぼうぜん》と立ち尽くしていた。

今の暴言を、確かに聞いた覚えがある。マンションに無理やり入ろうとした犯人の声によく似ていないか？　というか、そのものではないか。

茉莉の足がガクガクと震え、立っていられない。指先が痺《しび》れ、ちょっと息が苦しくて目が霞《かす》む。

（あ、だめだ。これ、過呼吸……）

仕事の邪魔をしてはいけないけれど、高木の白衣の袖を掴み茉莉はズルズルと床に座り込む。

「おい、どうした?」

高木が警察の対応を止め、茉莉の身体を起こす。

「おい、真っ青だぞ。大丈夫か?」

「す、すみません……ちょっと……くるし……」

真っ白な顔で喉元を抑える茉莉を見た高木は、すぐに察したのか、茉莉の耳元で声をかける。

「数秒息を止めていろ。……よし、いいぞ。ゆっくりと息を吐くんだ。茉莉、ゆっくりとだぞ」

高木の指示通り茉莉はゆっくりと息を吐き、浅く吸う。過呼吸の応急処置は自分の頭にあるはずなのに、自分がその状態になると頭が真っ白になって何もできない。

しばらくすると、息が楽になり、茉莉の頬に血色が戻った。

「ベッドで休め。肩を貸そう」

「いいえ。できれば、事務さんのところで少しだけ休ませてください」

「ああ。連れて行こうか?」

「大丈夫、一人で行けます」

そこにようやく師長が戻ってきた。高木がすかさず声をかける。

「師長、患者のそばにいてください。暴力に気をつけて」

「えっ?」

「僕は警察の方と話があるから、動かないように見ていてください。茉莉、ゆっくり行くんだぞ」

茉莉は申し訳ないと思いつつ、受付に入って行った。椅子に腰をかけて身体を弛緩《しかん》させる。

「川田さん、顔色悪い……大丈夫ですか? 師長ようやく戻ってきましたね?」

事務が心配そうに話しかけてくる。

「ありがとう、大丈夫です。師長はどこに行かれていたのかしら?」

「え、川田さんにも言ってないんですか?」

「はい。事務さんにも?」

「何も言わずに消えるから困りますよね。ちょっと邪推ですけど、師長の彼氏が三病棟に入院しているんですって。そこにいたんじゃないかって、私達は話していたんですけど」

「えっ?」

茉莉が驚きで声を失っているところに高木がやってきて、事務に声をかける。

「悪い、患者の家族に電話してくれる？」

「はい。この患者さんの古い登録があったんです。確か奥さんの名前もわかります。電話しますね」

「よろしく。川田さん大丈夫か？」

「はい。落ち着きました」

そう言って立ちあがろうとすると、高木が止める。

「いい、もう少し休んでいろ。……家族に繋がったら、僕に回してくれる？」

事務にはよそ行きの顔で爽やかに去っていく。彼女達は頬を染めて高木を見送った。

「院長かっこいいよねー。さぁ電話しようか」

患者の基本データの画面が映し出される。茉莉は何の気なしにそれに視線を向けた。住所に電話番号。備考欄に妻の名前と家族構成。

（……え？　この住所って……）

茉莉は住所を見て驚愕《きょうがく》した。だってそれは、茉莉のマンションの住所だったからだ。部屋番号まで同じ！

なんということだろう。全てのパーツが奇跡みたいにピッタリと合ってしまった。指先の痺れは消えたのに、今度は別の意味で震えそうだ。

「……出ないなぁ」

事務が呟く。

「奥さん出ないの？」

「そうなんです。うーん、もう一度電話して出なければ、職場に連絡してみます。患者さんの保険証は奥さんの扶養みたいなんですよ」

患者の保険証のデータはすでに電子カルテに登録されている。事務はそれをみて、今度は会社の電話番号をネットで検索する。

「すごい。探偵みたいですね」

「ふふっ。日直をすると、こういうアクシデントが多いので慣れているんです。わりと楽しいですよ。あ、川田さん顔色戻りましたね」

事務達と話をしている間に調子が戻ったみたいだ。茉莉は処置室に戻ることにした。

なんというか……。ウチの病院のドクターのレベルの高さはわかっていたけれど、事務のレベルも高い。彼女達の雇用は事務長の手腕かもしれないけれど、すごいなぁと感心していた。

それにしても、あり得ない偶然に茉莉はまだ呆然としていた。

患者が自分の部屋の前の住人だったとしたら、あの騒動の辻褄《つじつま》が合う。例えば……酔って以前の部屋に間違って戻ってきて休んだとしたら？　鍵は入居の際に変える必要があるのに、それを業者が怠っていたのかもしれない。

そして、二度目にまた酔ってやってきた時には、鍵が変わっていたから部屋に入れず大声を上げた……とか。

以前から家族に暴言を吐いていたのなら、茉莉を家族と間違えてあんなことを言ったのかもしれない。

全てが憶測だけれど、茉莉には確信めいた自信があった。


過呼吸の後なので、処置室では高木の指示に従い、体の負担にならないように動く。

患者の方は、怪我の治療を終える頃には爆睡していた。

その頃、妻の携帯に電話をしていた事務が処置室にやってくる。

「先生、坂井さんの奥さんに電話したら、もう離婚したので関係ないって電話を切られました。でも他に親族がいないか、もう一度元奥さんに電話して聞いてみます」

「うん、よろしく。引き取り手はなしか」

「困りましたね……」

師長も呟く。

とりあえず、患者を救急のベッドに寝かせて起きるのを待っている間、茉莉は高木に声をかける。

「院長、ちょっといいですか？」

「おう、なんだ？」

師長もいるけれど、空き巣については話をしているので聞かれても問題ない。茉莉は患者の住所の話をする。

「坂井さんのカルテを見たんですけど、住所が私のマンションの部屋でした」

「えっ？」

さすがに高木が驚いて声を上げる。茉莉はさらに言葉を続ける。

「それと、患者さんのさっきの暴言……二度目の騒動の時と同じ言葉で声もよく似ています。これって……」

高木は腕組みをして茉莉の言葉を聞いている。表情はニュートラルで、先入観なしで判断しようとしているように見える。

茉莉が話をしている間も、離れた部屋からは患者の大きなイビキが聞こえる。

「彼はこのまま入院だから、目覚めたら本人の話を聞こう。警察が喧嘩の際の物損《ぶっそん》について聞き取りをするそうだから、場合によっては不法侵入についても相談してみよう。それでいいか？」

「はい。すみません、よろしくお願いします」

高木との話が終わり、茉莉がトイレに行くために廊下に出ると、師長が後を追ってくる。

「川田さん、ちょっと！」

「はい？」

「今の話だけど……どうして院長に直接言うの？　最初は私に言うのが筋でしょう？」

「……え？」

師長は怒った顔で茉莉に注意をする。

確かに、こんな状況でなければ師長に相談するのが筋なのかもしれない。しかし、師長は茉莉の置かれている状況を全て知っているわけではない。それに、相談しても正しい判断や行動は難しい。高木に話したほうが話が早く進むのだ。

茉莉はそれでも師長に頭を下げた。

「申し訳ありませんでした」

「……わかればいいわ。とにかく、私を無視していきなりトップに相談するのはやめてちょうだい。それから、今日のことをまとめてメールしておいて」

「えっ、まとめてメールですか？」

「そうよ。院長から聞かれた時に私が知らないんじゃあ、話にならないでしょう？」

「はい」

納得できないけれど、上司の言葉に茉莉は従うことにした。メールは後日送ることにして、トイレの後は仕事に戻る。

その後、師長が病棟と相談して患者が入院する部屋を決めるので、茉莉は新たにやってきた別の患者の対応に向かった。


当直が終わり、茉莉は一旦病院を出て近くのカフェで休息をとった。

酔いが覚めてそろそろ患者が起きてもいい頃だ。ドキドキするけれど、高木に任せておけば全てうまくいく気がした。

それほど、茉莉の中で高木への信頼は大きくなっていた。

コーヒーと軽食を摂ってスマホを閲覧していると、着信があった。高木からだ。

「はい、川田です」

「お疲れ。彼が目覚めて、もうすぐ食事を終える頃だ。三病棟に来られるか？」

「はい。行きます！」

いよいよだ。寒くもないのに、武者震いで身体が震える。

（落ち着け。落ち着け、私）

茉莉は病院に入り三病棟に向かう。

犯人と思われる人物と話をするのだから、怖くないはずがない。でも茉莉は、彼が一件の騒動の犯人なら、なぜあんなことをしたのか、理由を聞きたかった。

もし、茉莉が想像している理由で騒動を起こしたとしたら、茉莉の恐怖心は今よりずっと軽くなる気がするのだ。

（一人暮らしもできるかも……）

これからの生活に光が見えてきそうで、怖い反面、期待もしていた。

三病棟のナースステーションでは、高木が待っていた。

「遅くなってすみません」

慌てて入っていくと、高木が茉莉を安心させるような優しい表情で迎えてくれる。

高木と茉莉、そして患者の担当看護師と三人で部屋に向かった。

「坂井さん失礼します」

院長が先頭で入っていくと、患者は驚いた表情を浮かべ起きあがろうとする。担当看護師が手助けをして上体を起こし、早速話が始まった。

「院長の高木です。具合はどうですか？」

「はぁ、胸の辺りが痛むのと、頭が少し痛いです。あの、俺はどうしてここに？」

「喧嘩の記憶はあります？　坂井さんはお酒を飲んで喧嘩をして、肋骨《ろっこつ》骨折で当院に救急車で運ばれたんですよ」

「喧嘩のことはうっすらと……。あと、警察の人が……」

「喧嘩と警察を覚えているのなら話は早い。警察が喧嘩の際の器物破損について聞き取りをしたいそうです」

「はあ……」

まだ少し頭がぼんやりしているのかもしれない。それに肋骨骨折のためにバストバンドをしている胸が痛むのか、しきりに顔を顰めている。

担当看護師が患者に声をかける。

「痛み止め飲みます？　先生が処方してくださっていますけど」

「はい。お願いします」

「じゃあ、持ってきますね」

看護師が病室から出ていったところで、高木は患者にさらに近づいて話しかける。

「肋骨骨折の様子見もあるので、一晩入院してください。明日、警察の人と話をしたら退院してもいいですよ」

「はい」

酔っているときには攻撃的だったのに、アルコールが抜けると途端に大人しくなっている。態度の落差に茉莉は驚いて凝視していたのだが、患者がふとこちらに視線を向ける。

茉莉は身を固くして身構えた。私服だから、病院関係者以外の人物がここにいることを不思議に思ったのだろう。

「あの、あなたはどなたですか？」

「えっ、あの……」

茉莉は後退《あとずさ》り高木の影に隠れる。茉莉を守るように患者の視線から隠した高木は、患者に尋ねた。

「坂井さん、彼女に見覚えはありますか？」

高木の唐突な問いに、患者はキョトンとしながら首を傾げる。

「いいえ。どなたですか？」

「なるほど。知っていて部屋に入ったわけじゃなさそうだな。君の予想が正しいのかもしれない」

高木は振り返り茉莉にそう言う。

「あの、なんですか？」

患者が不安そうに問いかける。茉莉は逃げてもダメだと自分を奮い立たせ、患者に一歩近づいて声を上げた。

「坂井さん、二ヶ月前に以前住んでいたマンションに侵入したことはありませんか？」

勇気を出して問いかける茉莉を、高木が驚きの顔で見下ろす。驚いたのは高木だけではない。患者……坂井が、ギョッとした顔になり、明らかに動揺し始めた。

「な、なんで……？」

「教えてください。マンションに侵入したのは酔っていたからだったんですか？　その一ヶ月後にまたやってきて、玄関で暴れて暴言を吐いたのはあなたですか？」

茉莉は言葉で表現できない怒りのようなものに突き動かされて、犯人と思われる坂井を問い詰めていた。このやり方が正しいのか間違っているのかもわからない。でも、逃げていては前に進めないと思ったのだ。

真摯な思いで坂井に向き合う。そんな茉莉に加勢するように高木が患者に近づく。坂井の肩にそっと手を添え、声をかける。

「彼女の今の住所と君の以前の住所は部屋番号も全く同じだった。そして、酔って吐いた暴言も。彼女は君に不法侵入され、その一ヶ月後、玄関のドア越しに君から『殺すぞ』と言われて、部屋に住めなくなった。今もトラウマに悩まされている」

「えっ……？　え、あ、あの……」

酔ってやったことだから覚えていないのかもしれない。それとも、しらばっくれて逃げようとしているのか？　判断はつかなかったけれど、茉莉はすがるような思いで坂井に言う。

「私を狙ってまた家に来たのか、それともただ帰る場所を間違えてきたんですか？　鍵が合わなくて、家に入れないことに怒ってあんな言葉を吐いたのですか？　私はそれを知りたいんです。病院が保存してある坂井さんの住所データが一緒だったことから、私は坂井さんが間違えて部屋にやってきたのだと想像しました。それだけを教えてもらったらいいんです。覚えていないんですか？」

茉莉の必死の言葉に、坂井が次第に項垂《うなだ》れていく。薬を持った看護師がドアのそばに立ち尽くしているけれど、動かずに茉莉達を見つめていた。

高木が看護師に『そのままいて』というふうに目で合図をしていると、坂井が顔を上げた。

「……すみません。俺は妻からマンションを追い出されたんです。あの日も酔って妻のマンションに普通に入って……誰もいなかったので、勝手に入って食事をして寝てしまいました。目覚めて部屋の様子が以前とは違っていることに気がついて、怖くなって慌てて逃げたんです。何も取っていないし、迷惑をかけるつもりは全然なかった……」

茉莉は大きな息を吐いて目を閉じる。すると、高木がさらに追求する。

「二度目は？　酔って玄関を壊そうとしたのを覚えている？」

「……酔っていたんですけど、なんとなく……。朝起きた時に、拳に怪我をして血だらけだったことがあったので……もしかしたら、玄関を壊したってことも自分の仕業かもしれません。すみません、本当にすみません」

茉莉はヘナヘナと丸椅子に腰をかけて高木を見上げる。

高木が『よくやった』とでもいうように目を細めて茉莉を見つめる。そして、入り口に立っていた看護師に声をかけた。

い。

茉莉の中では、坂井に弁償してもらおうという考えはなかった。警察に突き出す気もない。

終わった。

「はい」

「投薬を頼む」

被害届けは取り下げておこう。あの事件が自分を狙ってのことじゃなくて、偶然なんだとわかって、全てが腑《ふ》に落ちた。

とはいっても、一人暮らしへの恐怖や、夜の玄関の戸締りを何度も何度も確認する癖は消えないのだけれど……。坂井の惨めな有様を見ていると、彼を痛めつけることはできないと感じた。

患者が薬を飲んでいる間、高木は茉莉を廊下に連れ出す。

「……どうする？　警察に突き出すか？」

「いいえ。被害届は取り下げようと思います。犯人と理由がわかって安心しました」

「そうか。じゃあ、これからについては俺に任せてくれるか？」

「これから？」

キョトンとする茉莉に、高木が優しい表情で笑いかける。まるで元気づけるように茉莉の両肩を撫でて言う。

「先に帰れ。俺はもう少し残るから。今夜は安村が来ないから、弁当でも買うか？」

「いえ、冷蔵庫に材料があるので作っておきます。じゃあ……お疲れさまです」

「すまないね。お疲れさま」

高木の家に帰ったが、真っ暗で少し寂しい感じがした。

自室で着替えをしてキッチンに行き、手早く夕食を作る。安村が来ないらしいから、二人分でいいのかな？　以前買っておいたちょっとお高い冷凍コロッケを取り出し油で揚げる。サラダと味噌汁、それに野菜の和《あ》え物《もの》を作り、夕食の準備は完了した。

時刻は午後八時、高木はまだ仕事をしているのだろうか？　先に食べてしまおうかな、そう思いご飯をよそっていると、玄関から物音がした。

「ただいま」

高木が帰ってきた。走って行き「お帰りなさい」と言うと、少し驚いた顔を向けられる。

思わず出迎えてしまったけれど、茉莉は自分の行動が恥ずかしくてキッチンに戻り高木に声をかけた。

「先生、すぐ食べますか？」

「うん。食べるよ」

「はい」

いそいそと準備をしながら、くすぐったい気持ちが胸に広がっていく。

(ちょっと待って、新婚さんみたいじゃない?)

安村が抜けたら急に、二人っきりでいるのが気恥ずかしいような嬉しいような感覚になって、茉莉は思いっきり動揺していた。

できるだけ気持ちを隠しつつ、いつもの調子を思い出していく。

二人で向かい合わせで食卓を囲む。今はこの距離が心地よい。

「コロッケ美味いな」

「ですよね。これちょっと高級な冷凍なんです」

「ははっ、高級な冷凍コロッケがあるんだ」

「はい。お肉が近江牛らしいです」

「ほう」

おじさんみたいな合いの手に、茉莉は吹き出しそうになるのを堪える。

ある程度食べて食欲が落ち着いてくると、高木が今日の患者の話をしてくれる。

「今日の坂井さんの臭い、すごかったな」

「あっ、先生も感じました? そういえば、空き巣に入られた時、寝室に野良犬のような臭いが充満していたんです。坂井さんからもあの時と同じ臭いがしていました」

「野良犬か……。もしかして、彼には家がないのかもしれない」

「……あっ」

離婚や使用できない保険証、そして元妻の対応を思い返すと、あの患者の生活は想像よりもひどいものなのかもしれない。

茉莉が彼の身の上に思いを巡らせていると、高木が坂井の話を続ける。

「君が被害届を取り消す可能性は、彼には伏せておいたよ。君への謝罪や賠償をする気があるのか確認したら、謝りたいと言っていた。ただし、今の彼には賠償金を工面できないがね」

「賠償金なんていりません。先生、本当にありがとうございました」

「いや、犯人がわかってよかった。これで君も前に進めるね」

高木からそう言われて、茉莉は笑顔で頷いた。でも、なぜか胸がチクッと痛む。

自分でも『前に進める』と思ったくせに、高木から言われると、一気に手を離された気がしたのだ。

茉莉の戸惑いを置き去りに、話は続く。

高木は坂井の罪状について自身の弁護士に問い合わせをしていたらしい。

弁護士の話では、器物損壊と脅迫罪に問われると思われるが、茉莉が希望するなら示談で済ませてもいいという考えだ。

「今回、被害届を取り下げて罪から逃れたとしても、アルコール中毒を治さなければ彼はまた同じ過ちを繰り返すだろう。それに、若いとはいっても長年アルコールを摂取し続けたツケは内臓に蓄積されている。それをはっきりと本人には説明した」

「坂井さんはなんと？」

「アルコールを絶たなければ、あなたの命は数年後に終わりますと言ったら、真っ青になって震えていた。明日、ソーシャルワーカーに相談するよう、病棟看護師に伝えておいた。今は無職らしいから、どこかに就職できなければ彼は生活保護を受けることになるかもしれないな。いずれは、ウチでアルコール中毒の治療をしてあげようと思っている。精神科と内科に頼む予定だから彼に会う機会は少ないと思うが、彼を病院で見かけても君は大丈夫か？」

心配そうに茉莉に聞く。

「はい。大丈夫です」

茉莉は高木の患者へのきめ細かい思いやりに驚いていた。

「後、気になることが……」

「はい？」

「君のマンションだけど、前の住人が転居する際に、管理会社が鍵を取り替えていない可能性がある。彼は普通に、マンションの部屋に入ったと言っていただろう？」

「あ、そういえば……」

「今後は俺の弁護士に色々と動いてもらおうと思う」

「いいんですか？」

「ああ。実は鍵のことも話しているんだ」

「じゃあ……よろしくお願いします」

「もしかしたら、今のマンション退去の際に、違約金を払わずに転居できるかもしれないし、逆に慰謝料を受け取れる可能性もある。坂井からも、慰謝料はもらうつもりだけど」

生活保護になるかもしれない人から慰謝料なんてもらえないのでは？　と茉莉は思ったけれど、高木は不思議な笑みを浮かべている。

「あの、坂井さんから慰謝料なんて、私は頂く気はないんです」

「あれほど苦しんだのに？」

「それはそうなんですけど、実際に坂井さんを見ると、気の毒すぎて……」

「いや、簡単に許しちゃいけないんだよ。それは彼のためにもならない。俺に考えがあるから、全て任せてほしい」

「うっ。……はい」

何を考えているのかわからないけれど、高木にお願いしようと思った。

茉莉には高木に対する堅い信頼があった。

食事を終えた高木が、バッグから取り出したものを茉莉に見せる。

「これは、彼に返してもらった鍵だ」

「ずっと持っていたんですね」

「うん。これを弁護士に預けて、マンションの管理会社に話をしてもらおうと思う」

坂井が以前のマンションの鍵を持っていたことで、マンション管理会社の怠慢を追求することへと変わっていく。

それにしても、今回彼が救急車で運ばれたことは、本当に得難い偶然だった。そして、高木の毅然《きぜん》とした態度や患者に対する忍耐強い対応を見て、茉莉はある意味感動させられた。

そして、倒れた時に思わず彼から『茉莉』と名を呼ばれたこと。しっかりとそれを覚えている。ただの思い込みかもしれないけれど、彼の自分への親愛がはっきりと感じられて、茉莉の胸は熱くなった。

元々デキる人だと思っていたけれど、ここで一気に高木への信頼感と尊敬が高まった。その信頼感は好意の裏返しだと茉莉は自覚しているのだった。

食事を終えた高木が立ち上がると食器の片付けを始める。

「先生、やります」

茉莉があわてて自分の食器を手に流しに向かうと、笑顔で制される。

「片付けは俺がするよ。夕食美味かった、ありがとう」

「……そんな。あの、すみません、じゃあよろしくお願いします」

「うん。過呼吸も起こしたし、疲れただろう？　今日の出来事は、君のキャパを超えているはずだ。ゆっくり休みなさい」

濡《ぬ》れた手をタオルで拭きながら、高木が茉莉を優しく労《ねぎら》う。そして、茉莉の頬に指で優しく触れる。頬に触れた指は、顔の輪郭をなぞるように滑り、肩に着地した。

その間、茉莉は惚《ほう》けたように高木の顔を見ていた。

形のいい眉から、涼やかな双眸《そうぼう》。その目尻に微《かす》かに浮かぶ笑い皺《じわ》。

(優しい人)

ぶっきらぼうな言葉の奥には、いつも彼の気遣いが隠れている。

(どうしよう。私、先生が好きだ。好きだなぁ……)

そう思うと、涙腺が緩くなり、茉莉は涙を流していた。

そして、気がつくと高木に優しく包み込むように抱かれていた。背を屈《かが》め、茉莉の耳元であやすような口調で囁く。

「辛かったよな。犯人がわかっても、心の傷は消えないからなぁ。しんどかったらいつでも俺に言えよ」

「……はい」

くぐもった鼻声で茉莉は答える。

「ずっとこの家にいてもいいんだぞ。誰に何を言われても俺がなんとかするから」

そんなこと、できるわけがないのに、高木に言われると、このままいられるような気になってくる。

身体をゆっくりと揺らすように抱かれていると、心から安心できる。

(でも、離れなくっちゃ……)

茉莉は、少しずつ高木から身を剝《は》がす。やがて背中に置かれた腕が離れ、茉莉は笑顔で顔を上げた。

「先生、ありがとう。えっと……ね、寝ますね」

「うん。おやすみ」

頰が熱い。まだ身体に高木の感触が残っているみたいだ。茉莉はフラフラしながら自室に戻って行った。


翌週。

空き巣事件の事実が判明してから、茉莉は本格的に部屋を探すことにして、時間休をもらって不動産屋を訪ねた。

営業の担当者と内見をしたが、新築で感じのいい部屋だった。三階の角部屋で、以前の部屋よりは狭いが、その分オートロック付きなのでポイントが高い。病院までの距離を確かめたりして、ここが一番いい部屋かもしれないと思った。もう一件見に行き、その日は帰宅する。

最初に見て気に入った部屋は来月から入居可となっており、本当は仮契約でもしておいた方がいいのだろうが、なぜか気持ちが決まらない。

高木の家が心地良すぎて出て行きたくない。高木はいつまでもいていいなんて言っていたけど、そんなことは不可能だから、早く出て行ったほうがいいのに……。

茉莉は、同居をしている間に高木ばかりか、家からも離れがたくなっていた。


部屋探しから数日後。

高木の外来に付いて仕事をしていた時のことだった。あと数人で診療が終了する時間になって、高木の院内スマホに連絡が入る。

「はい、高木です。え？　あぁ、預かっておいてもらえる？　……いや、待たれても……。後一時間くらいかかるから……はい。はい、よろしく」

少し眉を顰めた表情は高木らしくない。茉莉は思わず尋ねていた。

「先生、急ぎの用事ですか？」

「いや、来客だ。午前中に来てもらっても困るんだよな」

仕事モードの高木がぼやくのは珍しい。家ではこんな姿は散々見慣れているけれど……。高木の隣に座っている医療秘書と茉莉はアイコンタクトを交わす。

（一体、何なんですかね？）

そう言いたいのだろうが、高木本人が隣にいるので言えないのだ。茉莉は思わず高木の肩をペチンと叩く。

「先生、もしかしてですけど、イライラしてます？」

「あ？　悪い。大丈夫だ。さあ、患者さんを呼び込もうか」

「はい」

それからはスマホに連絡はなかったので、来客は帰ったのだろう。

午前の診察が終わったのが午後一時。茉莉は昼食を簡単に済まそうとコンビニに向かった。コンビニでおにぎりと惣菜《そうざい》を買い急いで休憩室に向かっていると、院内カフェにさしかかったところで、高木の後ろ姿を目にする。

カフェの奥まった席に女性と一緒に入っていくのが見える。女性は、上品なワンピースにローヒールのパンプス、小ぶりなバッグを手にしており生粋のお嬢様スタイルが眩《まぶ》しい。

茉莉は咄嗟に自分の汚れたナースシューズを見下ろし、意味もなく落胆する。

比べてどうする！　そんなセリフが頭に浮かび、コンビニ袋を手に急いで階段を上ったのだった。

仕事を終え病院を出たのが六時すぎ。茉莉は買い物をするためにデパートに立ち寄った。化粧品が切れていたので買い物を済ませ、食品売り場で美味しそうなスイーツを三人分買う。

帰り着くと、誰も帰宅していない。茉莉の帰りが一番早かったようだ。先に帰りついた者が冷蔵庫にあるもので食事を作るのが常だったから、茉莉は着替えてキッチンに立つ。

冷蔵庫には新鮮な食材が揃っている。先週末に買い物をしておいたのだ。

茉莉は焼くだけの料理にすることにして、サーモンを取り出す。

そういえば、安村は今夜帰ってくるのだろうか？　メッセージで聞いてもよかったけれど、面倒くさかったのでとりあえず三人前作っておいて、残れば朝食べることにした。

家事の合間に、夕方目撃した高木と見知らぬ女性の姿が脳裏に蘇る。高木と上品な女性のツーショットはどこから見ても絵になっていた。

「お似合いの二人……」

そんな言葉が茉莉の口から漏れる。

食事を作り終え茉莉が紅茶を淹れてくつろいでいると、高木と安村が戻ってきた。

「お、美味そうだ」

嬉しそうな高木に茉莉も笑みを浮かべる。

（あの女の人は誰ですか？）

そう聞きたいけれど、聞けない。

三人で食卓を囲むと、安村がビールを飲もうと言い出した。

「何かいいことでも？」

こちらはいいことなんて一つもないので、茉莉は怪訝《けげん》そうにご機嫌な安村を見る。

「それがさ、元カノがようやく諦めてくれたんだよ」

「えっ……よかったですね！」

そんな嬉しい報告を聞かされると、さすがに茉莉も不機嫌ではいられない。すると、高木が少々不満そうにぼやく。

「よかったけど、病院的にはよくないんだ。お前もっと上手に説得できなかったのか？」

「だって、しょうがないだろう？　僕は彼女とやり直す気は全然ないし、これ以上付き纏《まと》われたら逆に不倫を疑われそうだもん。旦那から訴えられたら嫌だしね」

「それはわかっているけど……どうするんだよ、麻酔科医が一人になったじゃないか」

「ごめーん。それについては、秀明会に相談するよ」

「ああ、頼む。でも、常勤医じゃないとウチも困るんだよな。また恩師に頭を下げるか」

話がなんとなく見えてきた。どうもウチに二人いる麻酔科医の内の一人が退職するらしい。退職するのは安村の元カノで、原因は安村本人なのだろう。

元カノが安村との関係の修復はできないとようやく悟ったのかもしれない。それにしても、自分が結婚しているのに、安村に執着するなんて不可解だ。

「まあ、お前も夫婦喧嘩のとばっちりを受けたんだろうし、責められないいな」

「そうだよー。あ、茉莉ちゃん聞いてくれる?」

「夫婦喧嘩ですか……。なんとなくわかったから、聞かなくてもいいですよ」

「そう言わず聞いてよ」

「えー」

面倒くさい。と、茉莉がゴニョゴニョ言うと、高木が笑う。

いつも通りの夕食の風景だが、茉莉はあることに気がついた。元カノの問題が落ち着いたら、安村はこの家から出ていくことに。

茉莉も自身の問題が解決したのだから、出ていかなければいけない。

一気に食欲が落ち、注がれたビールを飲む気力もなくなってきた。茉莉はそれでも必死に笑顔を浮かべ、会話に参加する。

「じゃあ、安村先生もマンションに戻るんですね?」

「あー、そうだね。でも、居心地がいいから、ここには度々泊まりにくるけどね。その時には茉莉ちゃん、またよろしくね」

「……私もいい部屋が見つかったんです」

「部屋が見つかったのか?」

高木に問いかけられて、茉莉は頷いた。

「はい。セキュリティーがしっかりしていて、新築の綺麗な部屋です。早いうちに連絡して、週末に契約に行こうと思います」

「そんなに急がなくてもいいんじゃない?」

安村が呑気に言うが、高木は考え込んでいる。安村に軽く同意してくれたら、もう少しここにいられるのに……。

茉莉は苦いビールに口を付け、辛い気持ちとともに液体を喉に流し込んだ。一気に飲み干してグラスを置くと、高木が口を開く。

「すぐに気持ちが切り替わるわけじゃないだろう。もう少しゆっくりと様子を見てもいいんじゃないか? ずっとここにいてもいいんだぞ」

高木は茉莉の精神面の心配をしてそう言ってくれるけれど、ここにいつまでもいるわけにはいかない。茉莉は笑顔で首を振った。

「先生、ずっとって……。私が定年まで居座ったらどうするんですか?」

「いいよ」

茉莉と高木の会話はおかしな方向に向かっているのに、安村はそれにツッコミもせずに大人しく聞いている。

妙な雰囲気になってきたので、茉莉は立ち上がり食器をキッチンに運ぶ。食洗機に食器を入れながら、明るい口調で会話を締めた。

「先生ったら、人が良すぎますって。……さあ、私はそろそろ部屋に下がります。ご馳走さまでした」

「うん。おつかれ」

「茉莉ちゃんおやすみー！」

「おやすみなさい」

茉莉は自室に戻って座り込む。

（私のばか）

上手に会話を終わらせることができずに、変な雰囲気になってしまった。

それに、今日見た令嬢風の女性のことも聞けなかった。

自分の想いが成就することはないだろうけど、高木とは今までのようになんでも言い合える関係のままでいたいと思っていた。それなのに……。

気の利いた話もできずに、高木からおかしな発言まで引き出してしまった。

「はぁ……。も、だめ」

早く週末になってほしい。そうすればマンションの契約をして、キッパリと諦めがつくのに。茉莉は寝る準備をしながら、そう願っていた。

茉莉の胸の内はごちゃごちゃなのに、日々は滞りなく過ぎていく。内見した部屋は角部屋だったので、すぐに入居者が決まり、他の階の少し狭い部屋が残っていると聞かされた。一応それにしますと伝え、週末に契約にいくことになった。

そうして、金曜の夜となる。

高木からは会合があると連絡があり、茉莉はつまみ程度の料理を作り、大して強くもないのに一人リビングで飲んでいた。

安村は今週末に荷物をまとめてマンションに戻るつもりらしい。先ほど安村からも連絡があり、ダメだと思っていた美人看護師とのデートにこぎつけたと報告を受ける。

「安村先生、頑張ってください」

エールを送ると、嬉々《きき》とした声が返ってくる。

「元カノが消えて僕にも運が向いてきたのかな？　頑張るね！」

なんの宣言だ？　茉莉は武運を祈ると安村に伝え電話を終わらせた。

茉莉だけが取り残された気分になってきた。いや、自分もこの家から、高木の元から飛び立つ立場なのだけれど、希望に満ちた気分には到底なれない。

とはいえ、落ち込む理由は茉莉にだってちゃんとわかっている。

以前から高木に淡い憧れめいた感情を抱いていたのは事実だ。外来で彼と一緒に仕事をしていれば、誰だって好きにならずにはいられない。

患者に対する真摯な仕事ぶりと、病院スタッフに対する思いやりと優しさ。実際の年齢よりもずっと大人な、慈愛溢れる彼を好きにならない人はいないだろう。

その反面、仕事の合間にふと漏らす呟きは若い男性のそれで、たまにうかべるぼやきに茉莉が鋭く返すと嬉しそうに破顔する。

『川田さんのツッコミ好きだなあ』そう言われれば、アホらしいと思いつつも、さらにツッコミの精度を上げる努力をしたりする。

懐《ふところ》に入って知った彼の真の姿は、院長という重圧に決して負けない強さと優しさが同居した本物の漢《おとこ》だった。

油断すると口が悪くなるところや、心配性なところも好きだ。

「あーもう！　全部好き！　もう、ばか……」

このまま家を出ていけば、これからはただの院長と看護師。あの優しい眼差しを向けられることも、温かい胸に抱かれることもないだろう。

それを思うと、茉莉は飲まずにはいられない。

みずみずしい桃とイチジクを生ハムで巻いた、贅沢《ぜいたく》な夕食を指でつまみゆっくりと味わう。冷蔵庫に残っていた高木の白ワインを注いだグラスを傾け、爽やかな液体を喉に流し込んだ。

「やだ美味しい。なにこれ最高じゃん」

一人ぼっちの金曜の夜に飲むにしては高級すぎる味だ。これは、後日購入してお返ししよう。

身体がふわふわと揺れてきた。かなりいい気分だ。明日の朝には二日酔いになるのはわかっているけれど、もういいや。

もう少しこうして揺れていたい。そうして、高木への甘酸っぱい想いをこの酒で捨てるのだ。

グラス一杯のワインでいい気分になった茉莉は、ソファーに背を預けラグの上に行儀悪いけどあぐらを組んで座っていた。桃の生ハム巻きに手を伸ばし呟く。

「おつまみを追加しようかな？　冷蔵庫に生湯葉《なまゆば》があったはず。湯葉に白ワインは合うのかなぁ」

でも、立つとフラフラするのでどうしよう。そんなことを考えていると、リビングの入り口に人影が現れる。

「きゃ」

思わず声を上げて、人影が高木だとわかりホッとする。

「お、お帰りなさい」

「飲んでるのか?」

スーツのジャケットをソファーの背にポンと置き、高木は茉莉の隣に座った。ネクタイを緩め、袖のカフスボタンも外している。

ここで脱がなくてもいいのに。茉莉はそう思いながら、ぼんやり彼を見つめていた。

「うまそうだな。食べていいか?」

皿に残ったつまみを指して言う。

「どうぞ。めちゃうまです」

高木は、皿に添えていたフォークを使いイチジクの生ハム巻きを二つに割って上品に食べている。

「うん、美味い。俺もワイン飲もうかな」

そう言うと、いそいそとグラスを手に戻ってきた。

瓶に残ったワインを注ぎ、クイッと飲む。

「冷蔵庫のワイン、勝手に飲んじゃいました。ごめんなさい」

茉莉は口元を緩めて、高木を見上げる。

「いい感じに酔ってるな?」

「先生は酔っ払ってないですね。会合で飲まなかったんですか?」

「飲まなかった。医師会の重鎮ばかりがいる中で飲む気にはなれない。俺、ああいうの苦手だわ」

どんな雰囲気なのか全然わからないけれど、副院長みたいな脂の浮いたオジサン達がひしめいているのだろうか？　その中にいる高木を想像すると、少々気の毒になってきた。

「先生、可哀想《かわいそう》」

「だろう？　慰めてくれるのか？」

茉莉は酔った頭で、『慰める』ワードに反応して手を伸ばす。高木の頭を掌《てのひら》で優しく撫で声をかける。

「よしよし。つらかったですね」

頭を撫でていると、手首を取られ動きが止まる。手を握られたまま見つめ合うこと五秒ほど、茉莉はわけがわからず首を傾げた。

「どうして手を握っているんですか？」

「嫌か？」

問いに問いで返されて、茉莉は答える。

「嫌じゃないけど、理由がわからないですよ。頭を撫でられるの苦手でした？」

冷静に高木に物申しているように見えるが、完全に酔っているので頭がぼんやりして思考が定まらない。

胸がドキドキしてきて、身体がさらにポカポカしてくる。

「なあ、聞いてもいいか？」

「いいですよ」

普段と違い、あまりにも素直な茉莉に苦笑いをしつつ、高木は問いかける。

「安村がいなくなるのは寂しいか？」

今この場面で、なぜ安村なのだろう？　不思議に思いながら茉莉は素直に答える。

「まぁ……。でも、仕方ないですよね。先生こそ寂しくないですか？　私もいなくなるし、ご飯とか一人で大丈夫？」

茉莉の言葉に、高木は目を見張る。手を握る力が強くなり、少し怖い。

「寂しいって言ったら、残ってくれるのか？」

「え、だって……」

茉莉の中で何かがパチンと弾けて、一気に酔いが覚めた。

「せ、先生、これって、どういう状況？」

茉莉はラグの上に座りソファーに背を預けているわけだが、高木はそのソファーに片手を突き頭上から茉莉を見下ろしている。おまけに、手を摑まれているから逃げられない。

「茉莉が逃げないように囲っている」

確かに囲われている。手を離されたけれど、茉莉の両足を挟むように高木はラグにひざまずき、ソファーの座面に両手をついた。

「茉莉さあ、行儀悪いのに可愛いってどういうこと？」

「え？　先生、目が悪くなったんですか？　私は川田茉莉ですよ？」

「ああ。川田茉莉は俺の目には可愛く映る」

茉莉は呆れて高木を見上げる。

「何か魂胆が？　あ、めちゃ面倒くさい仕事をやらせようと思ってます？　聞く前からですけどお断りしますね」

勝手に妄想して言いたい放題の茉莉を、高木は目を細めて見つめる。その眼差しがお日様みたいに優しくて、茉莉の胸が甘く震える。

「褒められたら普通、好かれているとか、相手に下心があるとか思わないか？」

「それはないです！　過大評価されると恐怖しか感じられません……よ」

「まったく、君って人は……」

茉莉を見下ろす高木の顔はすぐ近くに迫っていて、その涼やかな瞳が、一瞬、焦がれるような強い視線に変わる。

「茉莉、好きだ」

唐突にそう言われ、茉莉は全ての動きを止めた。

唇が『え』の形で固まり、高木をじっと見つめる。

高木の顔が迫ってきて、開いたままの茉莉の唇が優しく塞がれた。柔らかく温かいそれは、驚きで固まった茉莉の身体を溶かし、甘い舌が優しく口腔をほぐしていく。

「んっ……」

思わず漏れたため息は舌に絡めとられた。ソファーの座面についていた高木の手は、茉莉の柔らかな髪の毛を乱し、強く押し付けられた唇は、茉莉の呼吸を乱していく。優しく、時に激しく唇を吸われ、舌がジンジンと痺れていくよう。

どれほどの時間が経っただろう。ゆっくりと離れた唇が、茉莉の額に着地して、チュッと小さな音を立てて離れていく。

そのまま胸に抱かれて、茉莉の両手は彼の上質なコットンのシャツを掴む。

「好きなんだ。なぁ、俺を受け入れてくれないか？」

「本気で……？」

「本気だ。ずっと前から好きだった」

「えっ？」

思わず身体を離して、茉莉は高木を凝視する。

「ずっと前からって……、一緒にいても全然普通だったのに？」

目をまん丸に見開いた茉莉を愛おしそうに見つめ、高木はその頬を包みこむ。

「全然普通？　そう見えるのなら、俺の演技は上手いってことだ」

「え、そんな……。じゃあ、昨日のお嬢様は？」

「お嬢様？　誰のことだ？」

「だって、昨日病院のカフェに綺麗な女性と入っていったじゃないですか！」

茉莉の指摘に高木が「ああ、あれか」と呟く。

「あれは副院長の娘だよ。語学留学から帰国したらしく、土産《みやげ》を渡しに来たんだ。土産は院長室に置いてあるから明日やるよ」

「じゃあ、従姉妹《いとこ》さん……？」

「なあ、茉莉は俺のことをどう思っているんだ？　何とも思ってないから、ここを出ていくのか？」

「そんなこと……」

「じゃあ、茉莉の気持ちを教えてくれよ」

「それは……」

甘く責められ、言葉に詰まっているとまたキスが落とされる。

高木から『好き』だと聞かされて、驚きと嬉しさで胸がいっぱいになる。だから、茉莉が彼に伝える言葉は一つしかない。

「私も……先生が好きです。……ねえ、もっとキスして」

そうねだるしかない。だって、責められるよりキスの方がずっと甘くて心地よいのだから。

「茉莉のそんなところが好きなんだよな」

笑いながら高木が茉莉を抱きしめる。

「好きだよ」

そう言われて、茉莉は顔を隠す。

「私にだけ？　他の人には言わない？」

「言わないよ。俺の性格をまだ摑みきっていないのか？」

「そんなことないけど」

「じゃあ、本気だってわかるだろう？　言葉遊びはもうおしまいだ。茉莉、俺の部屋に来い」


この家に来て一ヶ月が経つけれど、高木の部屋には一度も入ったことはない。

キッチンから続く水回りのその先に彼の部屋はある。茉莉の部屋の二倍程度の広さの室内は、マホガニー色の建具とそれに合わせた椅子やデスクが配置された居心地の良さそうな空間だ。入り口で足を止め室内を眺める茉莉の手を取り、高木が笑う。

「入ってもらえると嬉しいんだけど」

「あっ、ごめんなさい。つい部屋に見惚《みと》れちゃった」

デスクの上は適当に散らかっていて、パソコンの前に書類が積まれているのが、院長室のデスクと似ていて彼らしい。ビンテージ家具のようなパーソナルチェアやサイドテーブル、小さな冷蔵庫とミニキッチン。ここでしばらくは籠城ができそうな設えだ。

「あれ、寝室は？」

茉莉に意図はなかった。ベッドが見当たらなかったので、ついポロッと口をついて出たのだ。

「こっち」

高木に手を引かれ、茉莉は本棚の隣にあるドアをくぐった。六畳ほどの広さの部屋がもう一つあり、出窓に並ぶようにベッドはあった。

ブルーグレーのシーツと薄手の上掛け。寝心地良さそうなベッドは広い。

「ここが寝室。どう？　気に入った？」

朝起きてそのままのベッドは、上掛けが足元でくしゃくしゃになっていて、寝乱れた後が生々しい。

(どうしよう……なんか、ドキドキしてきた)

茉莉は、すぐそばに立つ高木の存在を今になって意識してきた。手に汗が滲《にじ》んできて、繋がれた手もベタベタな気がして思わず高木の手を振り払う。

茉莉の挙動が急に変になったので、高木が背を屈めて茉莉の顔を覗き込む。

「どうした？　……ん？　顔が赤い」

「赤くないです」

「いや、赤い。鏡で見てみろ」

ベッドルームのウオークインクロゼットの扉の一つに鏡が埋め込まれていて、茉莉はそこに連れて行かれる。

「ほら、赤いだろう？」

部屋が薄暗いので茉莉にはわからない。

「わからないもん。暗いし」

振り返り高木に文句を言うと、首筋に手が添えられて、不意にキスが落ちてきた。温かい舌が差し込まれ、口腔で互いの舌先をつっつき合う。その感触が心地よくて、茉莉は小さなため息を漏らす。

「……ふ」

首筋を撫でていた手は脇の下を摑み、茉莉の身体は抱き寄せられ足が宙に浮く。

「……あっ！」

思わず肩に摑まったが、落ちないように強く抱きしめられ、硬い身体が押し付けられる。柔らかい胸が、彼のしなやかな胸板に潰される。脚の間に膝が入り込み、茉莉の身体を支えようとするけれど、触れた場所から甘い刺激が生まれるのが気恥ずかしい。

その間にも唇はつながったまま、舌は茉莉の口腔を優しく撫でていく。キスに夢中になっていると、肩にしがみついた手が離れ茉莉の脚が床に着地する。

キスが唐突に終わり、少しだけ荒い息の二人は薄暗い寝室で見つめ合う。

高木に手を引かれ、茉莉はベッドに腰を下ろす。外れかけのネクタイは衣擦《きぬず》れと共にサイドテーブルの方向に投げられた。彼のシャツのボタンは胸元まで外れていて、残りのボタンも器用に外されていく。

(私も脱いだ方がいいのかな?)

茉莉は自身が着ているカットソーの裾に手を伸ばした。思いきって頭から脱ぐと、髪の毛で目の前が隠れてしまう。

袖を脱ぐのに手間取っている間に、高木が髪の毛を梳《す》いてくれた。柔らかい茉莉の髪の毛を撫でながら、クスクスと笑う。

「もしゃもしゃだ。可愛いな」

「そんなことな……」

口を尖らせて見上げれば、甘い眼差しと目が合う。

「自覚しろよ。茉莉は世界一可愛いんだから」

「せっ……?」

何も言えない。高木がそう言うのなら、それは正しい……はず。

シーツに背を預け高木のキスを待つ。愛おしそうに髪の毛を撫でられ、笑顔と共に落ちてきたそれには、他のキスとは違う、熱っぽい欲情が込められている。

強く吸われ、一気に彼のペースに巻き込まれていく。

「……う、ふ……っ」

キスで繋がりながら、茉莉が身につけていた下着が外されていく。伸縮性のあるブラが外されると、柔らかい乳房がぷるんと姿を現す。

華奢《きゃしゃ》な体格からは想像もできない豊満な乳房は、高木の大きな手に少し余るサイズで、彼の性急な愛撫《あいぶ》に形を歪ませていく。

先端が指で摘まれ捏《こ》ねられて、茉莉は思わず声を上げる。

「あっ……」

快感に身を捩《よじ》らせると、さらに乳房の先端が喰まれ舌先で転がされる。もう片方の乳房も指先で転がされ、茉莉は甘く喘《あえ》ぐ。

「あぁッ！　やぁん、せんせいっ！」

乳房に吸い付きながら、高木が囁く。

「名で読んでくれ。こうき、と」

高木の望みに応えるように、茉莉はうんうんと頷きながら、与えられる快感に悦《よろこ》びの声を上げる。

「光輝さん……好き」

「……っ、今、言うかなぁ」

乳房に吸い付いていた顔を上げ、高木は茉莉の唇に嚙《か》み付くようなキスを落とす。胸を鷲摑《わしづか》みにして絶妙な力で揉《も》みしだき快感を誘う。

「ん……ふぅ……っ」

舌を強く吸われ夢中でキスに応えていると、呼吸を忘れてしまいそう。身体を弄《まさぐ》る手が熱い。乳房から離れた手にお腹を優しく撫でられただけで、甘い疼《うず》きが湧き上がってきそうになる。

鼻先を合わせ、二人は同時に震える吐息を吐く。茉莉が閉じていた目を開くと、射るような高木の視線に囚《とら》われた。

「茉莉をもらってもいいか？」

「は、い……」

内心では『もらう？　何を？』と、高木の意図を測りかねていたけれど、心地よさに思わず頷いてしまう。

指先がショーツの中に忍び込み、ぬかるんだ花弁を撫で、ひくつく蜜口に簡単に入っていく。

「あっ……」

膣《ちつ》の入り口は、クチュクチュと耳を塞ぎたくなるように淫靡《いんび》な音を奏でる。

彼に触れられたそこは、緊張のためかまだ少し強張《こわば》っているけれど、甘い囁きや熱い身体を受け止めているうちに徐々に柔らかく解きほぐされていく。

「茉莉、感じているんだね。ここ、ぬるぬるだ」

「や、そんな……」

隘路《あいろ》が長い指で何度も擦られると、腰が自然と揺れてしまう。身体が蕩《とろ》けそうなくらいに気持ちがいい。

指先一つでこんなに乱されるなんて……茉莉は潤んだ瞳を彼に向ける。

「茉莉、ここ、気持ちいい？」

「ん……」

目元を朱に染めて頷けば、すぐに唇が塞がれる。舌を絡ませ合えば、甘い唾液が混ざり合い、彼の味に溺れてしまいそう。

秘肉を抽送する指の動きは、加速して淫靡な音が寝室に響く。お腹側の浅い場所を擦られている内に、甘い痺れが茉莉を満たしていく。

「あ……っ！　……っ、あ、やぁ……！」

喜悦が一気に膨らんで、茉莉は首をのけ反らす。秘肉が彼の指を締め付ける感覚に慄きながら、甘い声が自然と漏れる。

「……っ、こうき、さ、……ぁぁあっ！」

高木の腕に摑まり、茉莉は小さく達した。

指を抜かれても、まだ腰が震えていて快感を制御できない。ビクビクと震える身体を強く抱きしめられて、やっと安堵《あんど》のため息が漏れる。

「茉莉、可愛かった」

「や」

甘く囁かれ、高木の身体にすり寄り両手を巻きつけた。

耳朶《じだ》に彼の息を感じ首をすくめる。

「ああ……茉莉の中に入りたい」

辛そうな呟きに、茉莉は顔を上げて高木を見る。

「私も、……したい」

甘え声で囁けば、ぎゅっと抱きしめられる。彼の硬い滾《たぎ》りを脚の間に感じ、茉莉の身体が期待に疼く。

高木が腰を動かすと、屹立《きつりつ》が柔らかい蜜口を掠め、茉莉は思わず甘えた声を漏らす。

「あぁ……ん」

「でも、避妊具がないんだよ」

「あっ」

それは残念だけれど、普段から保管していないことで、高木の茉莉への想いが一途《いちず》だということが実感できる。

茉莉がそっと手を添えると、高木が目を閉じてのけぞる。

「うっ……、茉莉っ」

硬く怒張する屹立は、今にも爆発しそうに見えた。

(楽にしてあげたい)

そう思った茉莉はそれを両手で握りしめる。

「茉莉、何を……？」

「光輝さん、手でして、いい？」

恥ずかしいけれど、勇気を出して茉莉は尋ねた。

「その……、慣れてないから、変だったら言ってね。触っても、いい？」

屹立を握る茉莉の手の上に、高木の手が添えられる。そのまま上下に動かすように導かれ、茉莉は教えの通り昂《たかぶ》りを鎮めようとする。

「茉莉、無理しなくてもいいよ」

「えっ？」

夢中で手を動かしていると高木から声がかかる。でも、見上げた彼の顔には、あきらかに愉悦の表情が現れて、茉莉から見ても艶《なまめ》かしくて、こちらがソワソワするくらいに色っぽい。

「私がしたいの。だめ？」

茉莉が下唇を噛《か》んで高木を見つめる。だって、握っている大きな肉棒は、まるで別の生き物みたいに震えていて、先端から漏れ出す液はトロトロで、触っているうちに茉莉は自分がすごくエロチックなことをしているみたいに感じて、興奮していたのだ。

性に対して積極的な茉莉の一面を垣間見て、高木は思わず笑顔になる。

「したいのか？」

「うん、したい。舐《な》めてもいい？」

「えっ？」

「ううん、いい。私の好きにさせて。その代わり、避妊具はちゃんと買っておいてくださいね！」

底抜けに明るいけれど、エロチックな茉莉の態度に、高木はお手上げだ。

「好きにしてくれ。俺も茉莉を好きに触っていいか？」

「触ってほしい」

高木の許可が下りたので、茉莉は屹立を握る手に力を込める。

強弱をつけながら上下に手を動かしていると、亀頭から漏れる粘っこい液で滑ってくる。

手の内にある屹立がさらに大きくなったように感じられて、ドキドキする。

（このサイズって、本当に私の中に入るの？）

経験が少ない茉莉にとって、今自分がしている行為は初めてのことだ。

「光輝さん、大きい……よね？　ね、舐めてもいい？」

自分の手の中でぷるぷると震える屹立を見ていると、可愛く思えてきた。舌を尖らせて陰茎を舐め上げると、高木がウッと呻《うめ》く。

「あぁ……茉莉」

「気持ちいい？　もっと？」

言葉の代わりに髪の毛を撫でられる。

彼が身体を起こし、片手を伸ばして茉莉の乳房をすくいとる。やわやわと揉まれ、茉莉は小さく喘ぐ。

「あ……」

亀頭に歯が当たり、そのまま舌を絡ませ強く吸う。先端の滑らかな皮膚を甘噛みして吸い付けば、高木が腹筋を震わせて喘ぐ。

「……っ、くッ……！」

気持ちいいのだとわかって、茉莉は屹立への愛撫を続ける。

高木から喘ぎ声を引き出すのが嬉しくて、夢中で貪ってるうちに、自身も感じてしまい、蜜口から粘っこい液がこぼれてくる。

本当はいますぐこの中に高木を感じたい。入れてほしい。でも、妊娠の危険があることだから、軽々しく言えない。

脚の間がズキズキと甘く疼く。茉莉は切なくなって、顔を上げた。

目が合い、彼が茉莉の肩に手をかける。

「茉莉、だめか？　今すぐ茉莉の中に入りたい」

「私も……欲しいの」

肩を優しく押され、茉莉はシーツの上に横たわる。片膝を折り曲げ、高木が茉莉に覆い被さり、蜜口を突いていた屹立がゆっくりと沈められていく。

「あぁっ……光輝さんっ」

彼の腕に縋りつき、茉莉は激しい圧迫感に耐える。膣の中が圧倒的な物量で一杯になる感覚は、痛くはないけれど苦しくて、茉莉は内股を震わせながら彼を受け入れる。

「全部入った。茉莉、苦しいか？」

「……ん、ちょっと……。ねえ、ぎゅっと抱きしめて」

彼が動くたびに、秘襞がひくつき、お腹に圧迫感が伝わるけれど、一つになれた悦びに、茉莉の胸は熱くときめく。

「嬉しい……」

そう呟くと、高木がキスを落とす。

「俺も。ああ……茉莉の中は気持ちいい。なぁ動いていいか」

「ん……」

高木が腰をゆっくりと引き、浅い場所を何度も突かれると、また中から疼くような悦びが生まれ、茉莉は艶かしい声をあげる。

「……あっ、あ……っ、気持ちいい……っ、もっと……っ」

目を閉じ、半開きになった口で、はぁはぁと必死に息をする。

ゆっくりと腰を引き、時間をかけて昂りが沈められる。秘襞がひくつき、茉莉は埋められる心地よさに酔う。

中襞を擦り上げるように穿《うが》たれ腰を揺らされる。突かれるたびに絶え間なく声が漏れ、茉莉の喘ぎが寝室に響く。

「あっ、あっ、あ、あぁ……っ、こう、きさ……ん、あ、そこぉ」

「ここか？　茉莉、気持ちいい？」

「んっ、ん……っ、やぁ、そこぉ……」

突かれるたびに揺れる乳房が掴まれ、先端が唇に包まれる。

「あぁッ！」

強く吸われ、舌で転がされて、茉莉は愉悦に咽《むせ》ぶ。

もう少し、もう少しで、何かに届きそう。最奥をズン！　と穿たれ、愉悦と衝撃に腰がビクビクッと震える。

大きな波に呑《の》まれそう。茉莉は潤んだ瞳で高木を見上げて、囁く。

「光輝さ……ん」

「茉莉！」

昂りが深く沈められ、そのまま中を抉《えぐ》るように突かれ、茉莉の頭が一瞬真っ白になる。

「ぁあ……ぁああ……ッ！」

腰が迫《せ》り上がり、震えを制御できない。茉莉は声をあげ、激しい快感に沈みこむ。

「……っ、茉莉……」

高木もほぼ同時に精を放ち、茉莉の胸に倒れこむ。汗だくの身体を重ね合わせ、二人は抱きしめ合った。

それから、どれだけ時間が経っただろう。彼の屹立がゆっくりと抜かれ、身体が離れていく。

茉莉は寂しさを感じ手を伸ばす。その手を取った高木がチュッとキスを落とし囁く。

「茉莉、身体を拭くから寝ていていいよ」

「……は、い」

瞼《まぶた》が落ちてきそうなくらい疲れて、茉莉はすぐにでも眠りにつけそうだ。しばらくすると高木が戻ってきて、茉莉の身体や脚の間を濡れたタオルで優しく拭いてくれる。汚れたタオルを片付け戻ってくると、隣に横になる。

茉莉をギュッと抱きしめて、首筋に鼻先を押し付けて囁いた。

「なあ……」

「ん、はい」

「妊娠、するかな?」

「……ん、しないです。多分」

「そうなのか?」

茉莉はぼんやりと目を開き、高木の顔を見る。寝室は薄暗いけれど、間接照明で彼の表情はわかる。

茉莉を優しい眼差しで見つめながら、髪を梳いている。頭皮が心地よい……のはおいといて、茉莉はもう一度答える。

「多分。私は生理が不順だから絶対とは言えないけど……」

「そうか……もしもということもあるから、何かあれば言ってくれよ」

「はい。も、ねます……」

「うん、おやすみ」

とにかく、眠くて仕方がない。

ありがたいことに明日は土曜だ。茉莉は高木に抱きしめられながら、安心して眠りについたのだった。

翌朝、暑苦しくて茉莉は目覚めた。

背後から抱きしめられた状態で、首筋が汗ばんでおり、手足は布団から出ている。

高木は、茉莉の後ろで規則正しい寝息を立てている。

昨夜、彼と交《まじ》わったことに後悔は全くない。むしろ、清々しいまでにすっきりとした気分だった。

今日は不動産会社に行って契約をしなければいけない。ウエストを掴んでいる手から逃れ、起こさないように静かにベッドから下りる。

高木はまだすやすやと眠っている。疲れているだろうから、そう簡単には起きない気がする。茉莉は静かに部屋から出ていった。

（起きた時に私がいないと驚くかなあ？）

少しだけ心配になったので、朝食を彼の分も作っておき、メモを残しておこう。

キッチンで米を洗い炊飯器をセットして自室に戻る。

シャワーを浴びている最中に脚の間にドロリとした液体が滴り、ハッとした。

「あ、これって……」

昨夜避妊具なしで交わった証拠だ。もし妊娠していたらちょっとだけ怖い。でもそれと同じくらい、妊娠していたら嬉しいと思ってしまう。

結婚なんてあまり深く考えていない。ただ高木が好きだ。だから、彼似の子ができたら可愛いだろうなあと夢想する。

「いやいや、ないわ」

生理周期からして妊娠の可能性はかなり低いのだ。

ジェルを泡立てて身体を洗う。肌のそこかしこに、高木が触れた跡が残っていて、それがくすぐったくも嬉しい。

膝の裏の柔らかいところにまでキスマークを見つけて茉莉は驚く。

昨夜の彼は、茉莉を優しく、時に激しく愛してくれたのだ。茉莉はシャワーを早々に終え身支度をしてキッチンに向かった。

高木はまだ起きてこないけれど、彼の部屋の方向から物音が聞こえてくる。多分もう少ししたらキッチンに来るだろう。

茉莉は味噌汁と卵焼きを作り、野菜室を覗き込んで小松菜を見つけた。急いでおひたしも作り、テーブルに並べていく。

ご飯が炊けた音がして振り返ると、高木がキッチンに入ってくるのが見えた。

「おはよう」

優しい眼差しを茉莉に真《ま》っ直《す》ぐに向けてくれる。

今までも、時折彼から似たような視線を感じていたけれど、あからさまではなかった気がする。多分自制していたのだろう。今は隠す必要がなくなったから？　茉莉は嬉しさを隠しきれず、笑みを浮かべて挨拶をする。

「おはようございます。朝ごはん食べます？」

「ありがとう。食べるよ」

準備に忙しい茉莉の隣に立ち、高木はお茶を入れたりお箸を並べたりと手伝ってくれる。炊き立てのご飯と味噌汁、それにおかずをテーブルに置き、二人で『いただきます』をして頂く。朝日の中、穏やかな笑みを浮かべる高木を見つめながら、茉莉はふと思った。

（これはもう、新婚さんだよね）

おもわず顔がニヤケてくる。

古臭い思考だけれど、高木とは身分が違うから、茉莉は勝手に結婚は無理かもと考えている。というか、交際が始まってもいないので、先走りはよくない。

（でも、妄想は許されるよね）

ニヤニヤしながらお味噌汁をすすり卵焼きに箸を伸ばす。

「なあ」

いきなり話しかけられて、卵焼きを落とすところだった。

「はい？」

「身体、大丈夫だったか?」

そう聞かれ、茉莉は自身の肩や胴体に手を当てて確認する。

「何やってんの?」

「や、身体大丈夫かって聞かれたから。大丈夫です。問題なし」

茉莉の答えに若干むせながら、高木は頭に手を当てる。

「茉莉さあ、本当に君は面白い人だな」

「そうですか? 私はごく普通の人間ですよ。ま、でも、喜んでもらって嬉しいかな」

「かな。って……」

高木はニマニマしながら完食する。

茉莉の分も一緒に下げて食器を洗い始める。いつもそう。茉莉や安村が食事を作ると、高木は必ず食器を洗ってくれる。こちらは居候なのだから、もっと偉そうにしてくれていいのにと茉莉はいつも思っていた。

でも、これが彼のルールなのだろう。だから茉莉は手出しをしない。

「なあ、コーヒー飲むか?」

「あ、飲みたいです。お砂糖……」

「二つにクリーム多めだろう? ホットな」

「はい」

コーヒーの味の好みをまだ覚えていてくれたことが嬉しくて、茉莉は椅子に腰掛けたままで足をバタバタさせた。

今、すごく幸せだ。心に重くのしかかっていたあの事件の犯人と理由がわかって、気がかりは消えた。そして、高木と心を通わせ、気持ちを確かめあえた。

これ以上の幸せは望まない方がいい。バチが当たるかもしれないし。

茉莉はバリスタみたいな動作の高木をぼんやりと見つめていた。

コーヒーがテーブルに置かれ、茉莉は礼を言ってゆっくりと口をつける。芳《かぐわ》しい香りが鼻腔をくすぐる。

「美味しい」

「だな。今日はどうする?」

「不動産屋に行きます。いい部屋が見つかったので契約を……」

「出ていくのか?」

ものすごく意外そうに聞かれ、茉莉は戸惑う。

「え、はい。だって、いつまでも居候はダメだし……」

一気に高木のテンションが下がり、茉莉のウキウキした気持ちも盛り下がってきた。

「先生?」

「光輝」

「光輝さん、私、この家が好きだし、ずっといたいですよ。でも、甘えてばっかりはよくないと思うんです」

「うん」

「私が引っ越したら、ご飯食べに来てください」

「……うん」

ますますテンションが下がっている。いじける高木は可愛いけれど、これでは気持ちよく出かけられない。

コーヒーを飲んでいると、高木がふと顔を上げた。急に目に光が戻ってきたので、茉莉は何事かと焦る。

「とりあえず行っといで。夕食は出かけないか？」

「いいんですか？　それって、もしかしてデートとか？」

「そうだよ。何が食べたい？」

「焼肉！」

「あ、そう、焼肉ね。じゃあ美味いところを探しておくよ。夕方一緒に出かけよう」

「はいっ！」

高木の目の強さに、何かの決意表明みたいなものをふと感じたけれど、茉莉は夕方の焼肉に気を取られていた。

5. 高木の想《おも》い

　高木家は、古くから地元で商業を営んでいた家で、残存する家系図によると光輝はその八代目だ。なぜか豪胆な人物を輩出する家系らしく、江戸の終わりから大正にかけては荒っぽい先祖もちらほらいたようだ。

　その中で、昭和初期に生まれた祖父は、家業が性に合わず勉強が好きで医師を志した。そしてその子も父親の影響で医師となり、息子の光輝へと続く。

　子供の頃の光輝はまさにジャイアンだったが、妙に周りに好かれた。名門私立の幼稚舎からの友人である安村がいい例だ。

ただの乱暴者で終わらなかったのは、母方の実直な性質を受け継いだおかげなのだと思っている。

　母は粉川家の出で、代々藩医を勤めた家柄だ。今高木が住んでいる家に大昔から住んでいたらしく、リフォームする際には古いものがたくさん出てきたので、今は道路に面して建つ旧診療所に保管している。

院長として家業を継いだ高木だが、内心あと十年くらいは大学病院に残り研鑽《けんさん》に励みたいと思っていた。なのに、父がいきなり『後をよろしく』と言い出して院長職を退いてしまった。

他県の大学病院で順調に出世をする妻と離れ、実家の高木総合病院に半生を捧《ささ》げた父は、還暦を目前にしてふと思ったそうだ。『好きな女性と結婚したのに、離れて暮らすのはもうたくさんだ』と。そうして息子の光輝にバトンを渡したわけだ。

ようやく専門医になれたばかりの息子に総合病院を継げとは、あまりにも無体な話だが、父の想いも理解できる。

途方に暮れつつも、赴任したのが二年前。外科外来で茉莉に出会った。

第一印象は、小動物みたいに無垢《むく》で可愛らしい外見がドストライク。……だったのだが、茉莉の中身は見かけとは違っていた。

仕事は真面目。テキパキと的確な動きは外科看護師にピッタリだ。気の荒い患者にも果敢に対応する。そして、院長で医師である高木に全く媚《こ》びない。

それはもう、清々《すがすが》しいほどに。

『なんだコイツ？』

一緒に仕事をしているうちに、外見と中身の乖離《かいり》が少しずつ縮まる印象となる。

真面目なところと媚びないところはそのまんま。しかし、テキパキと動くのは、入職して先輩達に鍛えられた結果だった。気の荒い患者にも平気に対応しているように見えたのも、あくまでも仕事だから。本当はめちゃくちゃ怖がりだ。

茉莉は、お茶目《ちゃめ》で素直な、誰よりも真摯に仕事に取り組む女性だった。

ほのかな好意を抱きつつ二年が経《た》とうとしていた一ヶ月前、外来での彼女の仕事ぶりに変化がおとずれる。

相変わらず一生懸命なのだが、いつもの打てば響くような反応が返ってこない。

顔色が悪く、ため息をつく場面が見受けられる。何かあると睨《にら》み聞き出してみると、入居して間もないマンションで空き巣に入られ、その後も恐ろしい思いをしたらしい。そのせいでマンションに戻るのが怖くて、当直を代わって病院で過ごしたり、ネカフェで生活していると言う。

職員が事故や事件に巻き込まれた場合、院長に報告を入れるように各管理者には伝えているが、そんな報告は看護部長から入っていない。

（何やってんだよ全く……）

元気いっぱいの彼女が、すっかり萎《しお》れて今にも散りそうな風情だ。光輝の庇護《ひご》欲は爆発寸前となり、考えるより先に言葉が出てしまった。

「ウチに来い」

当然茉莉に拒否されたが、粘り強く説得してなんとか家に連れ帰る。すると、子供の頃に祖父の診療所で手術をしたことがあるというではないか。

大変な怪我《けが》だったと聞き同情しつつも、この家と彼女の間に縁があったのかと嬉《うれ》しい気持ちが勝る。

たまたま居候していた安村が彼女を下の名前で呼ぶのが気に入らないが、なんだかんだで三人の生活は楽しい。気掛かりは、彼女の心のケア。そして、安村と彼女の距離が近くなりすぎないようにと願うばかり。

楽しい時は瞬く間に過ぎ、空き巣に入った犯人が判明して、彼女の恐怖心も取り除かれつつある。

そんな折、帰宅すると茉莉がリビングでほろ酔いかげんになっていた。

いいマンションが見つかったから、契約をすると聞き焦る。同居しているから築けた関係性だから、物理的に離れたら茉莉との関係はまた振り出しに戻ってしまう気がした。

この家から出ていってほしくなかったけれど、彼女の気持ちも尊重したい。

光輝は焦りに駆られ、茉莉を真正面から口説いたのだった。

「本気だ。ずっと前から好きだった」

そう伝えたとき、茉莉は大きな目をさらにまんまるに見開いていた。

(可愛いな)

驚いた顔も可愛い茉莉を抱きしめたい。でも、焦って逃げられたくない。用心に用心を重ね、粘り強く必死に気持ちを打ち明けた。

茉莉も同じ気持ちだったと知らされて、安堵《あんど》と嬉しさで胸がいっぱいになった。

焦り過ぎているのは分かっていたけれど、彼女をベッドに誘うと、素直についてきてくれる。彼女がセックスに積極的だったことは嬉しい驚きで、茉莉と夜を過ごせたことは、自分史上最高に嬉しい出来事だった。

まだ彼女にプロポーズはしていない。

まずはうるさい連中に話をしてから彼女にプロポーズをしたいと思っていた。

病院経営には手を焼いているものの、医学部受験も、医師国家試験も割と楽勝で過ごしてきた光輝にとって、茉莉と結婚するというミッションは未知の領域で、神頼みに近い思いがあったのだった。

6. プロポーズ

茉莉が不動産会社で契約を終えた夕方。

焼肉屋で食事をしている最中に安村から連絡が入り、高木は面倒くさそうに電話に出ている。

「はい。え？　今、焼肉屋。……あー、ちょっと待って」

なんとなく茉莉にはわかる。安村は多分焼肉に参加したいのだ。

（ここに来るんだね……）

「なあ、安村が合流したいって」

「はい。私はいいです」

茉莉がすました顔で頷《うなず》くと、高木が面倒くさそうな声で安村と会話を続ける。

「いいけど、場所わかる？　うん、うん。じゃあ……」

茉莉はサシの入った和牛ロースを焼き網に載せ始める。

じゅーっといい音がするのを真剣に見つめながら決心していた。

（安村先生が来るまでに、このめちゃ美味しいロースを全部食べちゃうんだから！）

「アイツ、すぐに来るぞ」

「え、なんで？」

「ちょうど近くをうろついていたらしい」

「安村先生、さすがというか……鼻が利くんですね」

「ああ。昔からそういうヤツだ」

「ふふっ」

ぼやく高木を見ていると自然と笑みが溢《あふ》れる。安村を貶《けな》しているようでいて、本当は大好きなのだから。彼らの関係性が茉莉は羨ましい。

（ま、でも、安村先生はちょっとだけウザいけどね）


その夜は三人で高木の家に戻り、日曜の朝に安村は荷物をまとめて出て行った。高木は医師会の用があるとかで、スーツを着て出て行ったが、茉莉が一人でマンションに行くのを心配し、一緒に行けないのを残念がっていた。

午後から茉莉は自分のマンションに戻り、荷物の整理をした。

一人は少し不安だったけれど、いつまでも怖がっていてはダメだ。本当ならここで生活を続けるべきなのだろうが、茉莉が入居する前に鍵の交換をしていなかった疑惑もある。

一度ケチがついた部屋にはもういられない。

元々荷物が少ないので、少ない数の段ボールで十分だ。あとは来週末の引越しを待つだけとなった。

高木と一緒にいられるのはあと一週間。

これから彼との関係がどう変化していくのか茉莉にはわからないけれど、ゆっくりといい関係を続けていけたらいいな。そんな風に思っていた。

その夜は高木の帰りが遅く、だだっ広い屋敷に一人で過ごした。今まで高木が遅くなっても安村がいたからなんともなかったのだが、人の気配のない家の中は寂しくて、早々に自分の部屋に篭《こも》る。

金曜の夜に結ばれてから、毎日イチャイチャできるのかな？　と期待していたので、肩透かしを食らった気分だった。

（もしかして、私とシタことを後悔しているのかな？　もしそうなら、どうしよう）

高木から好かれているのは間違いないと思うのだけれど、触れてくれないのが、茉莉にとっては寂しい。いったん彼と結ばれてしまうと、毎日触れてほしいし、もっとたくさんのことを望んでしまう。

貪欲に愛情表現を求めてしまう自分とは逆の、高木の淡々とした行動に茉莉は戸惑っていた。

そんなこんなで月曜日。

慌ただしい仕事を終え、終業時刻の少し前に高木から外科処置室に連絡が入る。

「川田さん、院長から電話でーす」

「はい。すみません」

以前も院長からの電話を取り次いでくれた同僚に呼ばれる。茉莉に受話器を渡す際に、意味ありげな目配せをされて戸惑う。

「はい、川田です」

『高木だ。仕事が終わったら院長室に来てくれ』

「あ、はい。承知しました」

短い電話を終え仕事に戻ろうとすると、同僚から声がかかる。

「なんか、川田さんに院長から電話がよく入りますよね？」

「そうかな」

「そうですよー。前もかかってきたし、私が取り次いだでしょう？」

嫌味《いやみ》じゃなくて、無邪気に問いかけているようなので、茉莉は同僚に笑顔を向ける。

「私は院長の外来についているから、何かと使われちゃうのよ」

「そうなんですか。なんだか気の毒です」

「同情してくれるの？　優しいね」

「えっ、そうでもないですよぉ」

彼女は単純に会話を楽しんでいるだけのようだった。嫌味を言われると、思い込みで接するのはよくない。茉莉は年下の同僚から教えられてしまった。

時間となり、外来の片付けをして院長室に向かう。

院長室をノックしてドアを開けると、高木と知らない女性が一緒にいた。上品なワンピースを着たお嬢さんっぽい人。

（あ、以前見かけた人だ。光輝さんの従姉妹《いとこ》さん？）

従姉妹と思われる女性は、高木の胸に手を置き、ピッタリくっついている。茉莉はこの状況が理解できなくて、立ち尽くしていた。

「茉莉！」

高木が女性の手を振り払い、茉莉に近づくが、目の前でドアに手をかけている。

（えっ、私、呼ばれたのに、閉め出されちゃうの？）

ショックで、目の前が真っ暗になりそうだ。呼んだくせに閉め出すってどういうことなのだろう？

絶望感で頭がクラッとする。一瞬目を閉じて顔を上げると、後ろ手でドアを閉めた高木が茉莉の目の前に立っていた。

「光輝さん？」

「茉莉、ごめん！　従姉妹なんだけど、ちょっと認識が迷走しているみたいなんだ。俺と一緒に説明してもらってもいいか？」

「は、はいっ。私で役に立つのなら」

高木と共に院長室に入ると、女性が茉莉をジロリと睨みつける。綺麗な人が般若《はんにゃ》のような表情を浮かべている様子はとても怖い。

「何度も言っているように、俺には交際している女性がいる。この人がそうだ。川田茉莉さん、ウチの看護師をしている。茉莉、彼女は副院長の長女だ」

「川田茉莉と申します。光輝さんと交際をさせていただいております。どうぞよろしくお願いいたします」

自己紹介をして丁寧に挨拶をする。まともな人物なら挨拶を返してくれるはずだが……彼女は黙って茉莉を睨みつけている。

「お父さんの説明と違うわ。光輝さんとの結婚が決まりそうだから日本に戻ってこいって言ったのよ。どうして？」

「知るか！　叔父さんに聞けばいい。隣の部屋にいるから、呼んでやろうか？」

「……っ、いいわ、自分で聞くからっ！　こんな子供みたいな、しかも看護師なんかと交際だなんて、光輝さんったらどうかしているわ」

憎まれ口を叩《たた》きたいのだろうが、茉莉にしてみればいい迷惑だ。確かに年齢よりは若く見られることはあるが、決して子供みたいな外見ではない。それに看護師のどこが悪いというのだ！

出ていく女性の後ろ姿に向かって茉莉ははっきりと物申す。

「あのっ！　私二十八歳です。職業にも誇りを持っています！」

それがどうした。と言われそうだけれど、茉莉にだって、看護師を六年続けてきたプライドがある。

茉莉の声かけを完全無視して女性は院長室を出ていった。

「茉莉、嫌な思いをさせてごめん。くだらない理由で院長室には来ないよう、彼女は出禁にする」

「そんなことまでしなくていいです。従姉妹さんとの結婚話って、本当ですか？」

「絶対にない。叔父が以前、寝言みたいなことを言ってきた時にキッパリ拒否している。勝手に帰国して、結婚・結婚と騒がれていい迷惑だ」

「そうですか。……それを聞いてホッとしました」

「よかった……そろそろ弁護士が来る頃だ。コーヒー淹れようか？」

「いいんですか？」

「いいよ。疲れただろう？　ソファーに座ってくれ。茉莉を呼んだのは弁護士の話を一緒に聞くためだ」

「そうなんですね、よかった」

茉莉は安堵してソファーに座る。

（弁護士って、もしかして……）

「光輝さん、弁護士さんって、坂井さんのことで来られるんですか？」

「そうだよ。彼もようやく体調が落ち着いてきたので、仕事を始めることになったんだ。そのタイミングで弁護士が赴いて示談を決めた」

「示談……え、仕事って？　彼には家もないんじゃあ……」

「家ができたんだよ。詳細は後で聞ける」

「へえ……」

「はい、砂糖二つとクリームたっぷりのコーヒー」

「ありがとうございます」

仕事が終わって飲むコーヒーは格別だ。香りや甘さにほっこりしていると、ドアをノックする音が聞こえた。

「どうぞ」

高木が声をかけると、スーツを着た四十代くらいの男性が入ってきた。

茉莉はコーヒーをテーブルに置き、立ち上がる。

「弁護士の新島《にいじま》と申します。高木院長にはいつもお世話になっております」

「お世話になります。川田茉莉と申します」

名刺を受け取り、挨拶を終えソファーに腰掛けると、高木がコーヒーを運んできた。

院長に来客用のコーヒーを淹《い》れさせて申し訳ないなと思ったが、いつも淹れているらしく、新島弁護士が礼を言う。

「いつもすみません。院長が淹れてくれるコーヒーが楽しみで……」

「作るのはマシンですよ。今日はコロンビア豆です」

などと和やかだ。

三人は本気のコーヒータイムをしばらく過ごし、新島が真面目な顔に戻って報告を始めた。

「先に結果をご報告します。坂井氏からの謝罪は来週の月曜の午後六時、院長室にて院長と私、そして被害者の川田さんが出席となります。また示談金については……」

新島が澱《よど》みなく話を続ける。茉莉は必死に話を聞いていた。

当直の日、坂井が犯人だと判明してから、茉莉は全てを高木に任せることにした。全てが終わったら、坂井からの正式な謝罪を口頭か書面で受けるくらいだろうと漠然と想像していたのだが、弁護士から聞かされたのはその予想の斜め上をいく内容だった。

まず、マンション管理会社だが、入居前の契約時に茉莉が鍵の交換費用を負担しているにもかかわらず、管理会社が鍵の交換をしていなかったことがわかった。

坂井の妻から戻された鍵をそのまま茉莉に渡していたのだ。坂井が持っていた合鍵を使って解錠されたことで、マンション管理会社は反論ができなくなり、茉莉に示談金が支払われることになった。

そして……坂井だが、彼は数日前から高木総合病院の精神科で治療を開始した。それと併せて行政が行なっているアルコール依存症患者のための治療プログラムに参加して、同じ悩みを持つ患者との交流を行うことになった。

坂井が生活を立て直すために高木がやったことは、彼を病院で雇用して、上司が監督しつつ技術を習得させるというものだった。

「えっ……嘘《うそ》でしょう？」

拒否感からではなくて、あまりに寛大な高木の采配に驚いて出た言葉だった。

「ウチの営繕課にパート雇用した。様子を見て正式雇用する予定だ。仕事内容も彼に合っているようだし、監視しつつ更生させるにはこれが最善だと思う。しかも営繕課の人手不足が解消できて一石二鳥だ。坂井は今、病院の男性寮に住んでいる」

全てを俺に任せてくれるか？　そう言った時に高木は坂井の更生も含めたことまで考えていたのだった。

茉莉は、坂井の管理者としての度量の深さに驚愕《きょうがく》した。

自己責任ではあるものの、アルコール依存症のせいで人生を壊しかけている坂井に救いの手を差し伸べることも厭《いと》わないなんて……。

茉莉が胸を熱くして高木を見つめていると、意外なことを言われる。

「茉莉への賠償金は振り込みになるので、その手続きも必要だ」

「あっ、マンションの管理会社からのですね」

「うん。それと、坂井からの示談金は、少額だけど毎月振り込まれることになる」

「えっ、彼からも……?」

坂井からお金を受け取るつもりはなかったので、意外に思って茉莉は高木に尋ねた。すると高木は不敵な笑みを浮かべて言い放つ。

「茉莉が辛い思いをしてきたのを知っているからな。彼を助けた理由は、人助けのためだけじゃない。必死に働いて償いはきっちりしてもらう。万が一、途中で治療や仕事を投げ出したとしたら、俺はどこまでも追いかける」

「光輝さん……」

高木の隣で苦笑する新島も目に入らない。茉莉は複雑な思いで高木を見つめつつ、内心で戦慄していた。

私が好きになった人は、もしかしてメチャクチャ怖い人なのかもしれない……と。

話が終わり、高木が帰宅の準備をしている間、茉莉は食器を洗っていた。すると、院長室のドアがいきなり開かれて、副院長が入ってきた。高木がやんわりと叔父を嗜《たしな》める。

「ノックくらい、してください」

高木の言葉を無視して、副院長は部屋を見渡す。茉莉と目が合うと眉を顰めて睨みつける。

「君は看護師だろう？　なぜ院長室に出入りしているんだ？」

茉莉は返事をしようと口を開いたが、高木の声に阻まれる。

「俺が呼んだんですよ。もう帰宅するので出ていってもらえますか？」

高木ははっきりと伝えたのだが、副院長は部屋を出ていかない。おもむろに口を開くと、高木にとんでもないことを言う。

「ウチの娘を振ってこんなのと交際しているなんて、気は確かか？」

副院長の失礼な言葉に、茉莉は驚いて顔を上げる。手をタオルで拭き、一言だけでも物申そうとした。すると、高木が怒りを隠さない口調で反論する。

「もともと従姉妹には興味がないと以前も話しましたよね？　俺の私生活に立ち入るのはやめてください。それと、川田さんに『こんなの』とは失礼じゃありませんか。スタッフを大事にしないと病院は成り立ちませんよ。彼女に謝ってください」

「ふん！　看護師の一人や二人どうにでもなる」

副院長は高木の言葉に従おうともせず、茉莉を睨みつけている。

「いやいや。そうじゃなくて、俺の大事な人に何を言っているんですか？　おまけに貴重なスタッフを『どうにでもなる』ですって？　叔父さん、その発言は管理者として問題です」

「年長者に意見を言うな！　俺はお前のことも認めてはいないんだ。その若さで院長職が務まるわけがない。俺の言うことが気に入らないなら、この病院から出ていけ」

「……叔父さん、俺がいなくなったら、ほとんどの医師はこの病院からいなくなりますよ。高木総合病院を潰す気ですか？」

「そんなことはない。お前がいなくてもやっていける」

「叔父さんには歯科医師会にしかコネがないじゃないですか。近隣の附属病院に顔を売ることもしないし、それでどうやってウチを存続させるつもりですか？　頼むから、寝言は家で言ってください」

「なんだと？　歯科医だからってバカにしているのか！」

「事実を言ったまでです。それに、俺には病院に不利益をもたらす人物を解雇する権利はあるんですよ。理解されていますか？」

「な、何を急に……脅すのか？」

「前も言いましたけど、歯科の外来は閑古鳥が鳴いているし、抜歯さえもできなくて入院の紹介も受けられないんでしょう？　今度こそ本気で歯科医の引退を考えた方がいいのではないですか？」

「……」

とうとう副院長が黙り込んでしまった。茉莉は成り行きを見守っていたが、好きではないとはいえ、副院長のプライドがズタズタになっていくのは、見ていて楽しいものではない。

「光輝さん、そろそろ……」

思わず声をかけると、副院長が逃げるように無言で部屋を出ていく。

茉莉は彼の後ろ姿を呆然《ぼうぜん》として見送る。高木は、怒りを鎮めるように深呼吸をして茉莉を振り返った。

「……帰ろうか？」

「はい」

「もう遅いから俺の車に乗ってくれ」

「はい。お願いします」

なんだか、高木の家に住んでいることや、交際を人に知られないように隠していること。そんな、色々なことがバカらしくなってきた。

常識のない人物に勝手なことを言われたくらいでは、自分は決して傷つかないと思っていたけれど、副院長の暴言は、茉莉の胸に意外にも強いダメージを与えた。

高木や安村がいい人で、これまで看護師としての立場の弱さを自覚していなかったけれど、医師である副院長から見れば茉莉なんて、ちっぽけなゴミみたいな存在に見えるのかもしれない。

だからといって、高木との交際を解消する気は全くなかった。


帰宅途中に惣菜《そうざい》の店で夕食を買い、二人は500mlのビールをシェアして夕食を簡単に済ます。茉莉は食後のコーヒーを待つ間、高木に来週この家を出ていくことを伝えた。

ずるいと思いつつ、彼に止めてほしいと思っていた。

「水曜日に有給休暇をとって、引越しをする予定です」

高木のコーヒーを持つ手が止まり、少しこぼしながらカップをテーブルに置く。

「この家を出ていかなくてもいいんじゃないか?」

「でも、交際している立場で、ずるずるとこの家にいるのは、なんだか違う気がするんです」

「迷惑だと思っていたら最初からウチに来いなんて言わない」

前も引越しの話をした時に、しなくてもいいんじゃないかと言っていたけれど、茉莉は居候のままではいられないし、同棲《どうせい》をするのは同じ職場で仕事をしている立場では不純な気がする。鬱屈した思いを抱えたまま仕事を続けるのは精神的によくない。

でも、それ以上に高木と一緒にいたいという想いが大きくなってきて、どうしていいのかわからないのだ。

茉莉のそんな想いに気がついていない高木は切々と訴える。

「茉莉と一緒だと楽しいし、俺はいつまでもいてほしい」

「光輝さん……」

ちゃんと考えなければいけないのに、食事の際に飲んだビールのせいで、考えがなかなかまとまらない。

これではいけないと、立ち上がり高木に頭を下げる。

「ごめんなさい。ちょっと酔っ払ったみたいなので、頭を冷やすために部屋に戻ります」

ふわふわとした足取りの茉莉を心配して高木が立ち上がる。

「部屋まで肩を貸すよ」

「自分で歩けますっ」

そんなつもりはなかったのに、大きな声が出て、茉莉は自分でもギョッとした。高木は茉莉の顔を覗《のぞ》き込み問いかける。

「どうして嫌がるんだ？」

「だって……なんでも光輝さんに頼ってしまうのはよくないと思うの。それに、酔ってるから、何をするかわからないもん」

「え、俺が襲うとでも？」

「違います！　襲うのは私」

高木は笑いながら茉莉の腕を取る。

「ははは っ！　面白いヤツ。それは大歓迎だ」

高木は茉莉の手をとりリビングのソファーに誘導する。隣に腰をかけ、茉莉の左手を取った。

「茉莉……」

突然、真剣な声色で話しかけられ、茉莉は彼を見上げる。

「はい。何ですか？」

「俺、茉莉に謝らないといけないことがある」

「謝る……。え、何を？」

意外な言葉に茉莉はギョッとした。高木から謝られることなんて何もないはず。そればかりか、副院長の暴言から必死で守ってくれた高木にこちらが礼を言わないといけないくらいだ。茉莉は一瞬の内に、高木と同居してからの出来事を思い返し、詫《わ》びられる案件を必死に探す。

茉莉が乏しい脳細胞を高速で駆使している間、高木も俯《うつむ》いて何かを考えている。やがて顔を上げ、茉莉の手を両手でギュッと握りしめた。

「両親には祝福されたけど、親族一同にも報告してからと思って、延ばし延ばしにしていた。面倒な叔父への報告を後回しにしたばっかりに、大事な茉莉に嫌な思いをさせて……ごめん」

（祝福？　なんのこと……？）

意味不明な発言に戸惑いながら、茉莉は高木に問いかける。

「光輝さん、一体何をご両親に祝福されるの？」

「茉莉との結婚」

「……えっ？」

「ごめん。色々と順序がおかしいよな。茉莉、俺と結婚してほしい」

「私が光輝さんとけっこん。……ちょっと待って！　待って！」

軽い酔いなんて、すっかり冷めてしまった。

高木との結婚なんて、そりゃあ夢見ていたことは否めないけれど、ずっと先のことだと思っていた。茉莉は心を落ち着かせるために深呼吸をして、顔を上げる。

「私は光輝さんのこと好きだけど……」

「今更何を。そんなことは知っているよ。でないと俺と寝たりしないだろう？」

「それはそうですけど」

「ふふっ……でも、改めて言ってくれてありがとう」

「えっと、どういたしまして。……じゃなくて！　光輝さん、私のこと何も知らないのに、軽く結婚なんて言っちゃダメです」

俺様なのに、時々可愛い高木に調子が狂う。

「俺が茉莉の何を知らないいんだ？　例えばどんなところ？」

「えっと……。例えば……、私、明るく見せていますけど、すっごく気持ちが落ちて週末になると動けなくなることがあるんです」

「知ってる。だから、空き巣騒動他、色々で病んだよな」

「は、はい。それに、本当は血が怖くて、仕事中にはいつも手が震えています」

「知ってるよ。それから？」

「えっ、知って……？　じ、じゃあ、この前、焼肉で安村先生が来る前に高い肉を先に食べちゃったことも？　私隠していましたけど、結構ずるいんです」

「知ってる。焦って焼き始めたもんな。あれは美味《うま》かった。他にはあるか？」

「他に……？」

そんな風に言われたら、高木の知らないところなど何もない気になってきた。でも、一つだけ伝えておきたいことがある。

「それから、私、光輝さんとHした後で、もっと毎日してほしいって思っていたんです！」

「えっ？」

予想外の告白に、高木が目をまんまるに見開いた。

「あっ、ご、ごめんなさい！　やっぱり今のは忘れて！」

茉莉は一瞬言ったことを後悔したけれど、もう言わなかったことにはできない。

「それは嬉しいな。俺、あの時避妊具も用意してないのに、がっつき過ぎだと後悔して自制していたんだよ。それに、正式にプロポーズをするまでは茉莉を大切にしようって思っていた」

高木は言葉を切って茉莉を見つめる。そして、ニヤッと笑い、徐々に笑顔が大きくなる。

「茉莉のことならなんでも知っているつもりだったけど、我慢して損したな」

あまりに嬉しそうに笑うものだから、茉莉もつられて笑顔になる。

「はい。我慢は身体に毒ですよ」

7. 婚約と迷惑な親族

高木の寝室に入るのは二度目だ。

間接照明の柔らかい光に浮かぶ彼の表情は、いつもの柔和なものではなくて、飢えた男のもの。

「茉莉に触れたくてたまらなかった」

そう言われ、喜びで茉莉の身体がぽっと熱くなり、頬《ほお》が朱に染まっていく。

「私も……」

触れてほしくて変になりそうだった。

「私に魅力がないんだって……」

落ちてきた唇に言葉を奪われ、触れる先から蕩《とろ》けていく。彼の唇は熱く甘く、茉莉が囚《とら》われていた小さな不安を舌先から溶かしていく。

「ん……ふぅ……」

キスで繋《つな》がりながら、高木の手は乳房を弄《まさぐ》り、硬くなった先端を指でゆっくりと捏ねている。ジィ……ンと甘い刺激が身体を走り、快感が下腹部に直結する。指を離し口に含まれ強く吸われる。それだけで、茉莉は蜜を滴らせて喘《あえ》いでしまう。

彼に触れられる箇所の全てが心地よく、じわじわと快感が込み上げる。

すぐにでも彼を中で感じたくて、茉莉は下腹部に手を伸ばした。

硬くて大きな屹立《きつりつ》は、衣類の下で膨れ上がり、今にも爆発しそうに思える。

「……う、茉莉っ」

「光輝さん、これ……今すぐ出してあげないと……っ」

高木は茉莉に問いかける。

「欲しいのか？」

甘く欲情した眼差《まなざ》しを向けられ、茉莉はコクリと頷いた。

衣擦《きぬず》れの音と共に高木が全裸になり、サイドテーブルから避妊具を出して装着する。そして、茉莉の着衣に手をかけた。

「茉莉も全部脱いで」

そう囁《ささや》かれ、茉莉はスカートのジッパーに手をかける。二人の衣類はベッドの下に落とされ、茉莉は高木の下に組み敷かれた。

キスを交わしながら高木が腰を前後に動かすと、屹立が蜜口を擦り下腹部が甘く疼《うず》く。

舌を絡ませ合い、まるで、我慢していた間の飢えを満たすかのように執拗《しつよう》に貪られ、茉莉は空気を求めて喘ぐ。

「ふぁ……っ、はぁっ、あ……」

キスで満たされながら、滑る蜜口の辺りを擦られている内に、硬い蕾《つぼみ》も熱を孕《はら》んで敏感になっていく。ピチャピチャと水音が寝室に響き、茉莉の喉から絹のように細い声が漏れる。

愉悦の合間に、ふと痛みに近い痺《しび》れを感じ、その強い刺激に腰が揺れる。

「あっ、ぁ……っ！」

高木の指がぷっくりと膨れた核に触れ、強く押された瞬間、痛みとともに喜悦が込み上げ、茉莉の身体が大きくうねる。

「あぁッ！」

自重で茉莉の身体を押さえつけながら、耳元であやすように囁く。

「茉莉、今のでイッたのか？」

「や……」

あからさまな言葉に顔を背けると、笑いながら首筋に吸い付いてくる。舌で舐《な》め上げながら、ときおり強く吸う。チクッとした痛みがやがて快感に変わり、茉莉は首をのけぞらせ甘い吐息を漏らす。

ふんわりとまろい乳房が大きな手で揉《も》みしだかれ、指の間に挟まれた先端がジンジンと甘く痛む。身を屈《かが》めた彼の唇がその先端を包み込むとすぐ、強く吸われ茉莉の背がしなる。

「あぁ……ん」

乳房を愛撫《あいぶ》されながら、指が蜜口から入り込んで隘路《あいろ》を進む。内壁を軽く擦られ、秘襞《ひだ》がひくつく。潤みを増していく中を長い指に何度も穿《うが》たれ、秘襞が異物を締め付けていく。

「……っ、あ」

茉莉の小さな喘ぎに、高木が反応して動きを止める。

「すごく締め付けてる。茉莉、気持ちいい？」

「ん、気持ちいい……のか、わからないけど、ね、もっと……して」

「ふふ……可愛いな」

高木の低い笑い声が、耳に心地よく響く。隘路に満ちた愛液を掻《か》き出《だ》すように、指を深く埋められ、抽送をくり返されていく。今まで指で触れられなかった奥を穿たれ、甘ったるい愉悦が込み上げる。

「あぁ……っ、……あぅ……ん……」

中襞が指を締め付けるたびに、快感が波のように押し寄せて茉莉は身体を小刻みに震わせる。指を抜かれると、その刺激にまた大きく反応して腰が揺れてしまう。

間髪入れず、高木が屹立に手を添え、弧を描くようにして蜜口に擦りつける。

「挿《い》れるぞ」

屹立がズブズブと入ってくると、押し広げられる感覚を味わう。一気に根元まで埋められ、その圧迫感に茉莉は唇を震わせて目を閉じた。

「……はぁっ……きつ……」

少しの間、このまま抱きしめてほしい。茉莉はそう思い両手を差し出した。その意図が通じたのか、高木が身体を横たえ、二人はピッタリと重なったまま抱きしめ合う。

「温かい……」

ため息のように呟《つぶや》くと、高木がキスをくれる。

舌を差し出し、小鳥のようにつっつき合い、絡ませながらまた口づける。自然と腰が動き、昂《たかぶ》りを内襞が締め付けていく。小刻みに腰を前後に動かされ、茉莉の口から、短い喘ぎ声が漏れる。

浅い所を何度も穿たれ、快感がさざなみのように打ち寄せてくる。

「うっ……んんっ、……はぁ……っ、あぁ……っ」

大きく腰を引かれると、昂りの後を追うように柔襞が絡みつき、えも言われぬ喜悦に包まれる。ゆっくりと奥を穿《うが》たれると、茉莉は首をのけ反らせて甘い声を上げた。

腰の動きが速くなり、何度も深く突かれ続ける。乳房が大きく揺れ、ベッドから落ちるはずはないのに、振り落とされそうな気がして茉莉は彼の腕にしがみつく。

「はっ、はぁっ、は、はぁっ、あぁ……っ」

身体の中が高木のモノでいっぱいになる感覚は、苦しいけれど茉莉に甘美な悦《よろこ》びを与えてくれる。彼の動きに翻弄されながら、与えられる快感に息を乱していく。

昂りが抜かれる寸前まで引かれると、繋がった場所からトロトロと粘つく愛液がこぼれ落ちシーツを濡《ぬ》らす。再びズン！　と突かれ、滾《たぎ》りは抉《えぐ》るように最奥に埋められる。

「……ひ！」

思わず声が漏れる。激しく埋められる衝撃に身構えながらも、絶頂の兆しを感じて秘襞がひくつく。

朱に染まる目元を軽く閉じ、茉莉は彼の名を呼ぶ。

「こうきさん……っ、ぁ……や、ぁん……イキそう……」

「茉莉っ」

衝撃で身体が動くほどの強さで奥を突かれ、さらに深く抉られて、目の眩《くら》むような愉悦に襲われる。

言葉もなくただ身を震わせ、茉莉は絶頂の極みにたどり着いた。

まだ大きさと硬さを保ったままの屹立がゾロリ……と抜かれ、茉莉は身体の力を手放した。大きく息を吐き、高木に視線を向ければ、彼の濡れそぼった屹立が目に入る。避妊具をゆっくりと外していく動作をぼんやりと見つめながら、これが自分の中にさっきまで入っていたのだと思うと、不思議な気持ちになる。大きくて怒張したそれは、まるで赤鬼のこん棒を連想させる。

ふと、茉莉はあることに気がついた。

彼のものは、全く萎えていない。

「あ……」

茉莉が思わず声を上げると、高木は新しい避妊具を取り出し装着し始める。そして、茉莉の隣に横たわり囁いた。

「なあ、明日は少しくらい遅く起きてもいいよな？」

明日は火曜で仕事があるけれど、七時過ぎくらいに起きても多分大丈夫だろう。

茉莉は「七時くらい……」と言いかけてやめた。キスで唇を塞がれたからだ。

彼のキスが好きだ。キスって相性を決める材料として絶対だと何かの雑誌で知ったけど、温かくて心地よくて、甘い。

時間をかけて徐々に高木が好きになっていったけれど、もし最初にキスから始まったとしても、好きになっていたかもしれない。

高木に身体を反転させられ、腰を持ち上げられた。跪《ひざまず》く格好になり後ろを振り向くと、彼が艶《なま》めかしい表情で微笑《ほほえ》んでいる。

「茉莉、後ろからいい？」

「い、いい……よ」

聞かれても困る。後ろからなんて、初めてでどんなものかわからない。とりあえずそのことを伝えておこうと口を開く。

「ねえ、教えてね」

「ん？」

「やり方わからないから」

そう言うと、目を細めてにんまりとされる。まるで舌なめずりする大型猫だ。すると、高木の手が背中を撫《な》で、甘い声で指図される。

「茉莉、シーツに顔をつけて、腰だけ突き上げてみて」

「……こ、こう？」

ちょっとはずかしいけれど、言われるがままのポーズをとると、お尻を丸く撫でられてちょっと倒錯的な感覚に陥る。

「綺麗だな」

囁きながら、屹立をとば口に押し当ててくる。行為の後で、蜜口はトロトロと滑る愛液で濡れている。グイッと腰を押され、徐々に滾りが中に入ってくる。

「ん……ッ」

きつい。全てが入り切っていないけれど、すでに十分だと感じる。

「ああ……」

彼がため息のような声を漏らす。その声だけで、気持ちいいのだとわかる。茉莉も気持ちよくなりたいけれど、今はまだ遠い。

シーツに突いていた高木の左手が離され、茉莉の髪の毛が優しく撫でられる。

「茉莉、こっち見て」

言われるがまま、四《よ》つん這《ば》いのままで振り向くとキスが落ちてきた。不自由な体勢でのキスは余計に甘く、二人は舌を突き出して絡ませあう。

「ん……っふ、……んんッ……」

さらに腰が押しつけられ、屹立の全てが膣中に収まっていく。

圧迫感が強く、少しでも動いたらどうなってしまうのか、茉莉にはわからない。高木はすぐには動かず、キスを交わしながら腕を伸ばす。

蜜口に伸びてきた指が敏感な蕾に触れ、ゆっくりと円を描くように撫でられる。それだけで茉莉の腰がビクッと震え、喜悦が込み上げる。愛液がじわじわと滲《にじ》み、蜜口が滑っていく。摩擦がない分、指で弄られると余計に気持ちよくて、小さくイッてしまいそうだ。

「あっ、あっ、あぁん、気持ちいい……」

唇で繋がれたままの体勢は窮屈だけど、エロティックですごく感じてしまう。

「ああ、茉莉……すごく締まってる」

蜜口を弄る指で小さな蕾を押しつぶされた瞬間、茉莉は腰を震わせて一気に達した。

「あぁ……ッ！」

身体を支えていた腕の力が抜け、シーツに顔を埋めて喘ぐ。突き出したお尻に向け、高木は腰を容赦なく叩きつける。

腰や乳房が振動で揺れ、地味に茉莉の快感を誘う。ただ、慣れてないせいか身体が辛い。そんな茉莉の気持ちがわかったのか、繋がったままで高木がベッドに横になり、茉莉を後ろから抱きしめる。

高木は茉莉の髪の毛を横に流し、首筋にかぶりつく。舌を這《は》わせ吸い、耳に熱い息を吹きかける。

「あっ、……や、跡が残っちゃう」

「いいよ」

よくはない。川田に彼氏ができたと、病院で噂《うわさ》になってしまう。でも、彼は全く気にせずに茉莉の首筋にキスを落とす。

「茉莉の首が好きなんだ。噛《か》ませてくれよ」

「もうっ！　……あ、やぁ……ん」

背後から貫かれたまま、弱い耳や首を吸われ、彼の手は乳房を揉みしだく。両方の先端を指で摘まれ、捏《こ》ねられると、首の跡なんかどうでもよくなってきた。

弱い所を愛撫され、秘肉が甘く滾りを締め付ける。狭い隘路を激しく抽送され、結合部から愛液が滴り落ちる。

「やっ、んぁ……っ、あっ、あっ、あぁ……ッ！」

突かれているうちに、茉莉も無意識にヒップを彼の腰に擦り付ける仕草を繰り返していた。柔らかい乳房が強く掴《つか》まれ、形を変えていく。先端は真紅に染まり指で擦られるたびに、甘ったるい刺激を茉莉に与える。

何度も激しく穿たれ、最奥に屹立がめり込んでいく。さらに奥の、子宮口に亀頭がのめり込むような感覚は、重苦しさと同等の愉悦を茉莉に与え、悶《もだ》えるような快感に茉莉の口から嬌声《きょうせい》が漏れる。

「あっ、あぁッ、そこぉ……っ！　きもちいい……っ、こうきさ……ん」

「これ、気持ちいいのか？」

また腰を突き上げられ、小刻みに揺らされると。茉莉は堪えきれず自ら腰を振って、快感を貪ろうとする。

秘襞が滾《たぎ》りを締め付けて隘路が狭くなっていく。さらに深く抉られると、茉莉は首をのけ反らせて喘ぎ一気に高みに押し上げられる。

「あっ、あっ、あぁ……ッ！　いい……ッ、あ、や、イッちゃう！　いっちゃ……！」

茉莉の頭部を自身の肩で支え、高木も腰を震わせて喘ぐ。

「……うぅッ！」

震える腰をさらに沈め……高木も果てたのだった。

脱力して数十秒後、高木が大きく息を吐き自身を引き抜くと、支えを失った茉莉は、ベッドにうつ伏せで横たわり弛緩《しかん》する。

今日、何度達したのか、よく覚えていない。明日の朝、ちゃんと立ち上がれなかったらどうしよう。なんて少しだけ心配するけれど、多分高木がどうにかしてくれるはずと思いたい。

「茉莉、大丈夫か？」

高木が茉莉のもつれた髪を梳《す》き、声をかける。

「ん……多分、大丈夫」

茉莉はうつ伏せになっていた身体を起こし、光輝と目を合わせる。

「どうした？」

突然起き上がった茉莉に、高木は目を丸くして問いかける。

「あのね、光輝さんにちゃんと返事をしていない気がして……」

「ん？」

「プロポーズの返事」

高木総合病院の院長の妻になって、自分に何ができるのか？　正直、何もわからないし自信もない。でも、少しでも彼の助けになりたいと思う。

それに茉莉は、高木と一緒に過ごすことが当たり前になってしまって、離れるなんて想像できない。甘えだろうか？　それでも彼と共に暮らしていきたい。

茉莉は唇をキュッと結んで高木を見つめる。そして、はっきりと伝えた。

「光輝さん、私、光輝さんの奥さんになりたいです」

その言葉に高木の目が輝き、そして徐々に口元に笑みが浮かぶ。

「茉莉、決心してくれてありがとう。大切にする」

「……よろしくお願いします」

彼に腕を引かれ、茉莉は力強い胸に抱かれる。目を閉じて彼の規則正しい心臓の音を聞いていると、心から安心できる。すると、高木が身じろぎをして大きな息を吐いた。

「茉莉が急にかしこまるから、正直ビビった。今更断られたら立ち直れなかったかも。茉莉、イエスと言ってくれてありがとう。これでゆっくり眠れる」

高木の胸に顔を埋めたままで、茉莉はクスクスと笑う。

「明日起きられなくなるな。もう寝よう」

「うん。おやすみなさい」

「おやすみ……」

数分後、おやすみと言った高木はもうすでに寝息を立てている。

医師あるあるだ。秒で眠りに落ちた後は、すぐに深い眠りに入ることができると聞く。

起こさないように気を使っていた茉莉も、疲れのせいで、すぐに眠りについたのだった。


翌朝。

寝室に差し込んだ光で茉莉はゆっくりと目覚める。

目の前に高木の肩があり、茉莉の左手は彼の右手としっかり繋がれていた。

手を離すのが勿体《もったい》なくてまた目を閉じる……が、すぐに目を開けた。

（……だめだ！　仕事がある）

今日が日曜ならいいのに……。そうぼやきながら身を起こす。

「ん……」

高木が目覚めたようだ。

「光輝さん、今何時？」

「ん……今、……七時半」

茉莉は飛び起きた。遅れて高木も身を起こす。

全裸で、しかも少し肌寒いけれど、贅沢《ぜいたく》は言っていられない。

絶対に高木に見られたと思うけれど、そんなのどうでもいい。茉莉は自室に走り、秒でシャワーを浴びて身だしなみを整えた。

今日はノーメイクで決まりだが仕方ない。せめてリップクリームだけは塗っておこう。

キッチンに走っていくと、高木はすでに身だしなみを整えて、トーストにバターを塗っている。

「今朝は時間がないからパンでいいな？」

「はいっ、ありがとう」

トーストの載った皿を受け取り、立ったままで齧《かじ》り付《つ》く。

「はい、コーヒー」

「ありがとう」

忙しい朝なのに、茉莉仕様の味にしてくれている。ありがたくトーストを完食し、コーヒーも飲み切った。

食器を高木が片付けて、茉莉は歯磨きに向かう。

「ごめんなさい。自分だけ」

茉莉が走りながら謝ると、高木がのんびりとした声で応える。

「俺は院長室に歯ブラシ置いているから、もん……」

洗面室に入ったから、高木の言葉を最後まで聞けなかった。茉莉は高速で歯磨きを終え、バッグを手にキッチンに戻る。

「さ、行こうか」

「すみません」

今朝は高木の車で出勤だ。

車を運転しながら高木が言う。

「もう、誰にも遠慮なく一緒に出勤ができるな」

「う……」

「なんだよ？　嫌だとか言うなよ」

「嫌じゃないけど……」

高木は苦笑しながら、根気強く茉莉に言い聞かせる。

「何か言われたら、彼と一緒に出勤して何が悪いの？　って言えばいい。彼か、未来の夫、婚約者、なんでもいいよ。茉莉がそう言っても、変なことを言う人間がいたら、あとは院長に聞いてくれと言えよ」

「う……はい」

「よし。いい子だ」

茉莉の頭をクシャクシャッと撫でる。

「ヘアスタイルが乱れました」

「もともと乱れてるよ。ま、そこがかわいいんだけどな」

「えっ？」

怒ろうと思ったのに、そんな甘いセリフを吐かれて調子が狂う。

一気に頬を染めた茉莉を見て、高木はご満悦だ。

高木はああ言ったけれど、少々のことで彼を頼ることはしないでおこうと思っている。

忙しい彼を煩わせることは申し訳ないと思うからだ。

「なあ、土日に互いの両親に挨拶に行かないか？」

「え、もう？」

「早いほうがいいと思う。それに、ウチの父に色々と相談もあるし」

「……そうですか。じゃあ、実家に連絡しておきます」

「頼む」


医師用の駐車場の一番奥に高木の駐車スペースがある。

隣の副院長のスペースには旧型のドイツ車が駐車してあった。それを見て、高木がため息をつく。

「この人、頑固なんだよな」

高木と副院長の攻防を初めて見た茉莉は、その場面が忘れられない。院長で甥《おい》である高木にあそこまで言われても何も変わらない副院長はある意味強い人なのだろう。

「光輝さん、頑張ってください」

負けないでね。そういう気持ちでエールを送ると、ニヤッと笑われる。

「茉莉も頑張れよ」

「はいっ」


駐車場で高木と別れ、茉莉は急いで更衣室でナース服に着替える。外来に向かうと、嬉しいことに由紀が処置室にいた。

「おはよう。由紀、今日は安村先生の外来?」

「うん。鬱陶しいけど頑張らないとね」

相変わらず、安村に対する由紀の毒舌は冴《さ》えている。どこかから話が漏れる前に、高木とのことを由紀に話しておきたくて、茉莉は昼食を一緒に行こうと誘う。

「うん行こう。ちょっと遅くなるかもしれないけど、時間を合わそうよ」

「うん。ちょっと由紀に報告もあるんだ」

「えっ、何?　楽しみなんだけどー」

「えへへ」

二人でヘラヘラしていると、外来師長がやってきた。

「おはようございます」

由紀と同時に挨拶をすると、師長は浮かない顔でおざなりな挨拶を返す。

「おはよう」

挨拶だけすると、スーッとどこかに言ってしまった。

師長を見送りながら、由紀がボソッと呟く。

「師長の噂話《うわさばなし》を聞いた？」

「え、何？　全然知らない」

話の途中で中待合に安村が入ってくるのが見えた。いつもと同じご機嫌な顔で歩いている。

「あ、安村先生が来た！　ランチの時に教えるね。じゃあ行くわ」

「いってらっしゃい」

処置室に他の同僚もやってきて、午前の仕事が始まった。

今日も何かと慌ただしい。それでも、エアポケットみたいに処置室に静寂が訪れる瞬間がある。そんな時にはカーテンで仕切られた狭い部屋に入って、小さな冷蔵庫から飲み物を出して飲むことが許されている。

茉莉がお水を飲んでいると、いつもペアになる若手の看護師がやってきた。

「あ、川田さんお疲れさまです」

「お疲れさまです」

彼女も冷蔵庫から自分の飲み物を取り出して喉を潤す。

「ねえ、聞きました？　師長の噂」

「噂ってワードだけは聞いたけど、中身は全然知らないの」

「そうなんですか？　なんか、異動するみたいですよー」

「異動？」

「はい。川田さんが知らないなんて、意外！」

「私は疎いから。さ、仕事行こうか」

仕事中に噂話はしないほうがいい。聞いた誰かが嫌な思いをするのは避けたいし、何よりそんな暇はないのだ。茉莉は飲み物を冷蔵庫に戻し、カーテンを開けて処置室に戻った。


お昼になり、茉莉は由紀と一緒に院内の食堂の隅っこに陣取る。

ここなら誰かに話を聞かれる心配はないだろう。朝あまり食べていなかったので、今日は奮発してカツ定食にした。

「わ、茉莉のランチ美味しそう」

「朝あんまり食べてなかったからお腹《なか》が空《す》いちゃって」

「寝坊したの？」

「う、うん」

「珍しいね、夜ふかししちゃった感じ？」

しまった。寝坊＝夜遅かったみたいな微妙な話になってしまった。この流れだと、なんだか高木とのことが言いにくい。

茉莉はお味噌汁《みそしる》に口をつけながら、何から言い出そうか……と思案していた。すると、由紀がいつもの調子で話を始める。

「そういえばさあ、安村先生から聞いたんだけど……」

「安村先生？　また何かアホなこと言ってるの？」

「アホはいつもでしょ。茉莉のことを私に報告するのはいいんだけど、外来って医療秘書さんがいるじゃない？　ちょっと口を控えてほしいもんだわ」

「え、私のことを話していたの？　もしかして焼肉のこと？」

めちゃ美味しい和牛ロースを先に食べちゃって、後から注文したら品切れだったことを根に持っているのかもしれない。茉莉は本気で心配したのだが、由紀は笑顔で首を振る。

「あー、焼肉に行ったと確かに報告を受けたけど、そうじゃなくて茉莉と院長のことだよ」

「あ、そ、そう？　安村先生、なんて言ってた？」

「院長と交際してるんだって？　私が知らないって言ったら、めちゃ得意そうに教えてくれたんだけど、彼ってば院内スピーカーだから、すでに院内中に知れ渡っているかもよ」

「えええっ！　そんなことに？」

さすが、由紀の命名は的を射ていて面白いが、茉莉は安村に暴露されたことが残念だ。

「由紀にランチの時に報告しようと思っていたのに、先に安村先生にチクられるなんて……」

ガックリと肩を落とすと、由紀が笑う。

「やっぱ事実なんだね？　茉莉、よかったね。嫌なことがあって病んでたけど、これで一発逆転って感じじゃないの！　これからも院長の家に住むんでしょう？　もうね、私は安心したよ」

「由紀、本当にありがとう。心配いっぱいかけちゃってごめんね」

「いいんだってば！　でもさ、私はいっそのこと、このまま結婚に突き進んでもいい気がするんだけど」

「あっ……あのね、実は光輝さんからプロポーズされたの」

「マジで？」

由紀が思わず大きな声をあげる。その後はまた小声に戻して二人は会話を続けた。

「おめでとう！　そっかー、とうとう茉莉が結婚かぁ……てか、あのお方のことを『光輝さん』って呼んでいるんだね。やだもー、なんだかこっちが恥ずかしい」

「そんなこと言われたら、私も恥ずかしいよ」

いつものおバカな会話に戻り、二人は食事を続ける。

「そういえば例の噂。外来師長が提携の老健《ろうけん》に異動するらしいよ」

「えっ、異動するらしいとチラッと聞いたけど、院外なんだ……」

老健とは、介護老人保健施設の略名だ。介護を必要とする高齢患者が家庭に復帰できるように、さまざまなケアを行う施設のことで、高木総合病院が経営する施設が病院に隣接している。

「うん。茉莉も師長には悩まされたけど、他にも何件か部下へのハラスメントや職務怠慢があったみたい。部長が昨日本人に通達したんだって。上司から異動を命じられたら従うしかないからね」

「そうだね……でも、他にもハラスメントや職務怠慢だなんて……色々あったんだね」

「茉莉には言ってなかったけど、数ヶ月前に外来師長と一緒に当直した時にさあ、救急車で運ばれた患者さんにべったりで、めちゃ迷惑だったのよ。後で聞いたら、彼氏だったらしい」

「あ、それって三病棟に入院された患者さん？」

「知ってたの？　そう、三病棟。彼氏は先週末に退院したんだけど、師長ってば、仕事中も頻繁に彼の部屋を訪れていたみたい。なんなんだろうね、浮かれていたのかなあ」

「わからない。好きな上司じゃなかったけど、ショックだね。どうしてこうなってしまったのかな」

「そうだね……」

師長には散々困らされたし、上司としては最低だった。でも、介護施設への異動は多分左遷だろう。少しだけ気の毒にも思ったのだった。

茉莉は昼食の後、処置室で仕事をしながら、以前師長から指示されていた例の事件のあらましをまとめてメールした。

メールの内容は、事件のことと警察の対応、そして救急車で当院に搬送されて坂井が入院したところまでとして、高木の関わりや、その後の坂井については何も書かずにおいた。移動が決まった師長がこのメールを読むかどうかはわからなかったけれど、最低限の報告をしておこうと思ったのだ。

午後の仕事中に、師長が一度だけ見回りに来たけれど、茉莉への声かけはなかった。看護師達も最低限の挨拶だけで、話しかけることもない。

以前から師長の行動に違和感を持っていた看護師達にとって、彼女はもう無関係な人になってしまったのだろう。茉莉も淡々と仕事をこなし、退勤時間となった。

処置室でいつもコンビになる看護師が、弾んだ様子で茉莉に声をかけてきた。

「川田さんっ、聞きましたよ！」

高木との交際の噂を聞きつけたのだろう。茉莉はいつもの調子で返事をする。

「何をですか？」

「もーっ、とぼけちゃって！　院長先生と付き合っているって本当ですかぁ？」

彼女の大きな声で、更衣室にいた他の看護師達がギョッとしたように茉莉を凝視する。

皆の意識が自分に集中しているのをひしひしと感じ、茉莉は少し恐怖を感じる。

どんな返事が一番無難なのか……しばし悩んだ末に、シンプルな返事を選ぶ。

「はい。交際しています」

話をしながら着替えを続ける。着替えの様子をジロジロ見る看護師はいなかったけれど、いつも騒がしい更衣室が水を打ったように静まりかえっている。

「えー、いつからですかぁ？　そんなのずるいー」

何がずるいのかわからないけど、正直に答える。

「最近です」

「きっかけとか、何かあるんですかぁ？」

着替えが終わったので、茉莉は更衣室を出て行きたいのだが、彼女の追求は終わらない。

「きっかけは……個人的なことなので、許してくださいね。じゃあ、あの、失礼します」

「帰っちゃうんですかぁ？　もっと話を聞きたいな」

「すみません。お疲れさまです」

少々不満気な同僚を残して、茉莉は更衣室を出ていく。すれ違う職員達と挨拶を交わし、病院を出て近くのスーパーに向かった。

なんとか無難にやり過ごせた……はず。

茉莉は足早に交差点を渡りながら、今になってドキドキする胸を押さえたのだった。

家に戻り、不動産会社や他、色々なところに連絡をした。結局、契約したマンションには一度も住むことなく解約することになった。

引っ越しを依頼していた業者さんに、荷物の配送先を変更してもらえてホッとする。

元々荷物は少ないので、パック料金は安く済んだ。


帰宅した高木と夕食を囲みながら、茉莉はマンションの解約の報告をする。

「引っ越し荷物は、配送先を変えてくれたからよかった。先日契約したマンションの解約もオッケーでした。敷金の全ては帰ってこないけど、仕方ないよね」

「悪かった。俺がもっとはっきりしておけばよかった」

「そんなことない！　光輝さんは相談しろっていつも言ってくれてたのに、私が素直になれなかったから……ごめんなさい」

マンションのことでは、高木との話し合いの必要性を茉莉は学んだ。二人ともお互いのことを大切に思いすぎたせいで、いらない労力とお金を使うことになってしまった。

これも勉強代だと茉莉は前向きに受け取ったのだった。

食事の後、いつものように高木がコーヒーを淹れ、リビングでテレビを観《み》ながら話を続ける。

「今週の土曜に茉莉のご両親に挨拶に行って、日曜には俺の両親に報告……でいいかな？　次の週から、週末の用事が詰まっているんだよ」

「はい。日曜の朝に荷物が届くけど、少ないしすぐ終わると思う。……あっ、土曜のことを母に連絡しなきゃ。ちょっと待ってね」

茉莉は高木の隣に座ったままで、スマホで母に連絡をする。

いつものように、母が元気な声で出た。

いきなりだったけれど、来週の土曜に結婚の報告に行きたいと伝えると、度肝を抜かれたのか、母が黙り込む。交際している人がいることも知らないのだから、驚くのも当然だ。

「茉莉、一応聞くけど、相手は生身の男性だよね？」

面白い人だとつくづく思う。茉莉もいつもの調子で答える。

「うん、そうだよ。急でごめんね。何時ごろがいい？」

「そ、そうねぇ……お父さん、ちょっと……」

その辺にいる父に事情を説明する声が聞こえる。あまりに急な話だから、父は理解できていないようだ。母の、『こりゃダメだ』と呟く声が漏れ聞こえる。

体調が悪く入院していた祖母の調子も良くなっているらしく、土曜の午後の訪問は快諾され、茉莉達の都合のいい時間帯に来ればいいと言う。

「ねえ、どんな方なの？　写真見せてよ」

すっかり気を取り直した母の弾む声が高木にも届き、彼も笑顔だ。

「病院のサイトに俺の写真が乗っているぞ」

アドバイス通り、茉莉は病院のホームページを見てもらうことにした。

「えっと……お母さん、私が勤める病院のホームページを今閲覧できる？」

そう言うと、大騒ぎで父にパソコンを操作してもらい高木総合病院のホームページを検索している。

「上の方に、メッセージって書いた所があるでしょう？　そこをクリックしてみて」

「えっ、病院の人なの？　メッセージね、はいクリックしたわ。えっと、院長挨拶ってあるけど、まあ……イケメンねぇ。で、どこを見たらいいの？」

「その院長先生が、結婚相手なんだけど」

「……は？」

母は、真剣な場面で冗談を言わない娘だと知っているので、絶句し、そのままスマホを落とした。茉莉の耳に衝撃音が響いた。

「うわっ」

　思わずスマホを耳から離すと、高木がすかさず聞いてくる。

「どうした？」

「お母さんがスマホを落としたみたい」

「あー、まぁ、驚くだろうな」

　普通、勤務先の院長と結婚すると娘から突然言われたら、親はスマホを落とすくらいに驚くだろうから、茉莉にとっては想定内の反応だ。

「お母さん、聞こえる？」

　バタバタガサガサの雑音の後、母の声が届く。

「ごめん、スマホを落としちゃった」

「驚かせてごめんね。高木光輝さんの顔わかった？」

「わかったけど、茉莉、本当なの？　お母さん、ちょっと信じられないわ」

「うん。でも土曜に挨拶に行くから、お父さんにもそう伝えてね。よろしくお願いします」

　大事なことだから、なんとなく最後は敬語になって通話を終わらせた。電話が終わると高木が聞いてくる。

「お母さんどうだった？」

「信じられないって言ってた」

「そうか。顔を見たら信じてくれるだろう。茉莉の実家まで車で二時間くらいかかるから、朝十時ごろ出て途中で昼食を食べてゆっくり行こう。時間も連絡しておいて」

「はい」

今度は高木が両親に連絡をとっている。父が電話に出たので、日曜に婚約者を連れて挨拶に行くと伝えると、逆にこちらに来てくれると言う。

なんでも、副院長から連絡があって茉莉のことはわかっていたらしい。うるさい弟を黙らせるために、最初から週末こちらに戻ってくるつもりだと聞き、高木が嬉しそうな表情を浮かべる。

通話を終わらせた高木から説明を受けて、茉莉は高木の父の物分かりの良さに驚いた。

「光輝さん、不躾《ぶしつけ》なことを言うけど、許してくれる？」

「うん？」

「あの……ね、お医者様でしかも院長である光輝さんの結婚相手が看護師だってことをお父様は気になさらないの？」

「反対？　しないよ。父だって、母が好きで必死に口説いて結婚したんだ。医者だから母を選んだわけじゃない。家柄や学歴にこだわるのは叔父だけだよ」

「そうなの？」

「そうだよ。それに、茉莉は自分を卑下するけど、国立の医学部看護科を卒業しているんだから、自分を誇ってもいいと思うけど？」

私なんて大したことない。そう言おうとして、茉莉は口をつぐむ。

自分を卑下することは、自分を好きになって結婚相手に選んだ高木をも貶すことになると気がついたのだ。

「光輝さん、ありがとう。少し自信がついたかも」

「茉莉はもっと偉そうにしてもいいと思うぞ」

「いやっ、それは無理！」

土曜は慌ただしく実家に向かい、地元の美味しい海の幸などもいただきつつ、両親に結婚の報告ができた。高木が市内の老舗菓子店で上品な味の和菓子を買い持参すると、甘党の両親は喜んで受け取った。

母は高木を見て、『ホームページの写真より若い』と喜んでいた。院長という立場上、公に使う写真は実際の年齢よりも落ち着いて見えるようにしているらしい。だからなのか、高木には、四十代くらいで若作りの男性というイメージを持っていたらしい。

帰りの車内で茉莉がその話をすると、高木は苦笑していた。

「四十代か、ホームページ制作会社の腕がよかったってことかな。でも、さすが茉莉のお母さんだな、天然ぶりが際立っている」

「天然？　私には天然っぽいところはないと思うけど」

「そうか？」

「はい！」

茉莉は母のことを『明るい天然』だと認識しており、自分とはあまり似ていないと思っていたが、高木から見れば同じらしい。少し不満だが、認識の違いは徐々に解消されるだろうと、茉莉は気にしないことにした。


その夜、久しぶりに安村が高木の家にやってきた。

実家に帰っていたらしく、なぜかすき焼き用のいいお肉を持参したので、遠慮なくいただくことにする。

「やっぱりすき焼きかなあ？　それとも、牛蒡《ごぼう》を包んで甘辛煮とか……」

茉莉は悩むが、安村は冷蔵庫を覗き込んで、すき焼きが妥当だと提案する。

「え、茉莉ちゃんの実家に行ってたの？　車で二時間？　そりゃあ疲れたね。じゃあ僕が夕飯つくろうか？」

「いいんですか？」

安村の申し出をありがたく受け、茉莉はご飯を炊くことにする。

野菜を切りながら安村はおしゃべりを続ける。以前のような雰囲気が戻ってきて懐かしい。安村がいつもだらだらとおしゃべりをして、高木や茉莉が答えてツッこむのだ。

「でも、何しに帰ったの？　あー、まさか交際の報告とか？」

安村の無邪気な質問で、高木が何も話していないことがわかった。

茉莉は炊飯器のスイッチを入れると、安村が野菜を切り終えてから声をかける。

「安村先生、あの……私達結婚することになったんです。決まったのは数日前なんですけど、それで急遽《きゅうきょ》お互いの両親に挨拶に行くことになって……」

「まじで？　じゃあ、すき焼きパーティーが婚約祝いになっちゃう感じ？」

「そ、そうですね。そんな感じかな」

リビングで書類を見ていた高木がキッチンにやってきた。

「事後報告で悪い。安村、そういうことだから」

「困るなぁ。応援していた僕に一番に報告してもらわないと。でもおめでとう！　これで安心したよ」

「安心？　そんなに心配かけていたんですかね。すみません」

茉莉が詫びると、安村はニヤニヤ笑っている。

「心配していたのは高木のことだよ。茉莉ちゃんがこの家を出ていく前に早く摑まえておかないと逃げられちゃうよって、うるさく言ってもモタモタするから心配だったんだよ」

「安村、お前色々と喋《しゃべ》りすぎ」

「いいじゃん。茉莉ちゃん、高木のこと頼むね。これからもよろしく」

「はい、大丈夫です。これからもよろしくお願いします」

ということで、すき焼きパーティーは婚約おめでとうパーティーになった。もちろん、ビールとワインで酔っ払った安村は、客間に泊まった。


その夜。

安村が泊まっているから、高木の部屋で眠るのはやめておこうと、茉莉は以前使っていた部屋に行こうとした。しかし、すぐに高木に捕まった。

「どこに行くんだ?」

「え、前の部屋で寝ようかと思って……」

「茉莉はこっち」

そう言って自分の寝室に茉莉を引っ張っていく。

「ねえ、何もしない?」

「安村がいるから聞かれると嫌だろう?　しないよ」

「本当に?」

何もしないと言い切られると、それはそれで寂しいかもしれない。すると、茉莉の気持ちを読んだのか、高木が少しだけ熱を孕んだ目を向ける。

「なあ、キスだけならいいだろう？」

「ん……キスだけなら」

そう。キスだけならいいと茉莉は言った。

でも、唇だけじゃなくて、耳とか首とか、首の下とか、そんな色々なところにキスをするのは反則だ。

手を握って大人しく眠るだけだと思っていたのに……。

「ぁ……っ」

鎖骨にキスを落としたあと、彼の唇は肩から肘の裏に移動する。普段何の意識もしていない場所だけれど、優しくかすめるようなキスに肌が粟立《あわだ》つ。

掛け布団が下に落ち、二人はベッドの上でもつれ合う。

茉莉のパジャマのボタンを一つ、そして二つと外していき、肌に唇を押し当てる。三つ目のボタンを外し、真っ白な乳房があらわになると、いきなり先端に喰らいつく。

「……っ、あ！」

ジィ……ンと疼痛《とうつう》を感じ、茉莉は思わず声を上げた。舌で先端を転がされ、強く吸われ、甘い痺れが身体を包んでいく。

赤く尖《とが》る先端を交互に吸われ、気が狂いそうな喜悦にまみれる。声を出さないように、両手で自らの口を押さえ、茉莉は涙目で快感に溺れていく。

「……んっ、ふ、んんっ、……ん、ふ……」

彼の手が下に伸び、脚の間に入り込む。

「光輝さん、止まらなくなるからダメっ」

「ちょっとだけ、確かめたいんだ」

「……何を？」

「茉莉が濡れているかどうか」

高木は時々バカみたいなことを言う。茉莉は彼の耳元に唇を近づけて囁く。

「濡れてます。明日の夜、また確かめて。ね、今夜はもう寝よう」

そう言って耳朶《じだ》に舌を這わした。

彼がビクッと反応した気がしたので、茉莉は気をよくして耳朶を喰み、首筋に舌を這わせた。

「光輝さん、感じる？」

「……感じる」

「よかった」

茉莉の好きにさせながら、高木の手は茉莉のヒップを撫で、脚の間に入ってくる。恥丘を撫で、長い指を茂みの奥に滑り込ませる。クプン……と蜜壺《つぼ》に入り込んだ指をグイッと

隘路に差し入れた。

「……あッ！」

「濡れている……」

「だから言ったじゃないの。もう……」

「ふふふ……」

満足そうに含み笑いをする高木がなんだか可愛くて、茉莉は彼の頭を抱く。

そうして……声を殺しながら互いに触れ合い、二人の夜はふけていくのだった。


翌日は朝から茉莉の荷物が届く予定だ。その後、午後遅くには高木の両親がやってくる。荷物は段ボール五個ほどで、家具も少ない。いわくつきのベッドはマンションの管理者の手で廃棄処分されることになっている。

茉莉は緊張で早めに目を覚ました。午前五時半、軽く身支度をしてキッチンに向かう。十一月にもなると朝晩は肌寒いが、この家はリフォームのおかげで気密性が高く、寒さはあまり感じない。

昨夜はわりとヘビーな食事だったので、今朝はシリアルとフルーツにする。高木と安村には、厚めのトーストにゆで卵と野菜サラダを作ることにした。

とはいっても、まだ六時にもなっていないので、茉莉は温かい紅茶を飲むことにする。

アールグレイのティーバックを使ってお気に入りのマグに入れる。

ベルガモットの香りが、朝のぼんやりとした頭を適度に覚ましてくれるように感じられて心地よい。

大きくゆったりとしたアースカラーのソファーに深く腰をかけてリビングを見渡す。

（ここが私の家になるんだね……嘘みたい）

ここで一ヶ月以上過ごしてきたけれど、仮住まいの身だから、おしゃれなキッチンや上質な家具を設《しつら》えたこのリビングをまじまじと眺めたことなどなかった。

改めて、『自分の家』として見渡すと、そこかしこに意外な発見がある。窓はトリプルガラスで暑さ寒さに強い。カーテンは柔らかい縦型ブラインドで、オシャレかつ高価なものに思える。無垢材《むくざい》のフローリングは素足に心地よいし、ドアは所々にアイアン使いのガラスドアになっていて、ほどよい抜け感がある。

本当に素敵な家だと思う。

「起きていたのか」

高木がリビングにやってきた。茉莉の隣に腰掛けると、チュッと軽く唇にキスを落とす。

「光輝さん、紅茶淹れましょうか？」

「ん？　いや自分で淹れるよ。まだボーッとしたいだろう？」

「あ、う、うん」

立ち上がると、茉莉の頭をクシャッと乱してキッチンに立つ。

「おはよう」

安村が呑気《のんき》な顔で起きてきた。ラウンジチェアに腰掛ける安村に茉莉は尋ねる。

「よく眠れました?」

「久しぶりに熟睡できたよ。僕のマンションの壁が薄くてさあ、上下左右の部屋の物音が響くんだよね。この家は静かだから落ち着く」

その落ち着きは、私たちの禁欲の賜物《たまもの》なのだけど。と、禁欲といっても、かなり乱れた昨夜の自分達を思い出しつつ、茉莉は会話を続ける。

「そ、そうなんですか? 今のマンションは賃貸ですか?」

「そうだよ。病院が借りたマンションに住んでいるんだ」

「それなら、いっそのこと防音効果の高いマンションに引っ越すとか……」

病院から住居費が出るだろうし、安村ならどんな家でも住めるだろう。

「そうかー、それもいいね。なあ高木、病院の近くでマンションを買おうかな」

紅茶を淹れテーブルに置いた高木に、安村が呑気に声をかける。

「買うのか?」

「うん。新築物件なかったっけ?」

「事務長にでも聞いとくよ」

そう答えながら、高木が少しだけ口角を上げるのを茉莉は見た。まさかとは思うが、自分の部屋を防音室にリフォームしようなどと考えていないよね？　と茉莉の身が震える。

（後で絶対に確認しておかなくちゃ）


朝食の後、安村はご機嫌で帰っていった。高木と二人で片付けをしつつ、茉莉は今日の予定を伝える。

「もうすぐ私の荷物が届きますけど、一旦私の部屋に全部置きますね」

「うん。なあ……」

「はい？」

「この家のインテリアなんだけど、茉莉の好みに変えてみるか？」

「インテリアですか？　私、今の雰囲気好きですよ」

「そうか？」

「はい。このソファーはすごくいいものでしょう？　座り心地もいいし。ダイニングテーブルも汚れがつきにくいのにおしゃれで、椅子も素敵です。強いていえば……」

「いえば？」

「照明かな？　それに、おしゃれな小物やアートを飾ってもいいかも」

茉莉はインテリアに興味があって、色々と研究をしていた。

もう退去してしまったけれど、あのマンションを素敵な部屋にしようと楽しみにしていたのだ。だから、高木の提案はすごく嬉しいことだった。

「茉莉の好きにしていいよ。デパートの外商を呼んでもいいし」

「そ、そこまではしなくていいです。おしゃれなインテリアショップに行ったり、ネットでいいものを探すくらいで十分です」

「じゃあ、頼むな。俺のカードを使ってくれ。後で渡しておく」

「えっ……」

「結婚するんだから当然だろう？」

「は、はい」

いきなりお金などの具体的な話をされて焦る。

茉莉は、微笑む高木から目が離せない。この人の妻になって、お互いを守り守られる生活がこれから始まるのだと思うと、少し怖気《おじけ》づきつつもワクワクしてきた。

今までは、彼に守ってもらってばかりだったけれど、これからは私も彼を守りたい。茉莉は小さく決意するのだった。

茉莉の荷物はその後すぐに届き、短時間で部屋に収まった。

午後からは高木と食材を買いにスーパーに行き、一緒に店内を回って買い物をする。

「食事、どうしましょうか？　ご両親も一緒に食べられるかなあ？」

「この前の寿司《すし》を頼むか？　それとも外食してもいいな。日曜の夜に凝った料理を作るのは面倒だろう？」

「わ、嬉しい」

ということで、夕食はお寿司になった。

前回は高木の母に奢《おご》ってもらったから、今回は私たちがご馳走《ちそう》しよう。……そう考えて、もう高木を夫扱いしている自分に驚く。

（やだ、私ったら……気が早いよね）

それでも、高木の車に同乗して買い物に行くのは楽しい。

これからは、恐ろしいことが起こっても一人じゃない。あんな思いはもうしなくていいのだ。茉莉の胸に巣食っていた恐怖心が、高木と一緒に過ごすことで消えていき、傷ついた心も癒やされていく。

ありがたいなぁ。

隣でハンドルを握る高木を見つめて、茉莉は幸せな想いに包まれていた。

家に戻ったのが午後五時ごろ。

そろそろ高木の両親がやってきてもいい頃だ。お寿司も届いて、高木がとっておきのワインやグラスも出している。

茉莉はドキドキしながら到着を待っていた。すると、高木のスマホに父から連絡が入った。

「はい。父さん、もう着く？　……え、なんで？　……うん。……は？　……わかった。はい。うん、待ってるよ」

話は早く終わったけれど、不穏な雰囲気だ。何かトラブルがあったのだろうか？

「光輝さん、何かあったの？」

「うん。両親と一緒に、叔父家族が来るみたいなんだ」

「えっ？」

それは嫌だ。

「どうしてそんなことに？　てか、もう来られるの？」

「来る。茉莉、テーブルのものを一旦下げよう。叔父は酒が入るともっと厄介になる」

「は、はい！」

二人で片付けをしている間に、高木から説明を聞いた。

高木の父は今日、歯科医である弟に、医師としてまた副院長としての引退を勧めたのだ。しかし、彼は拒否した。しかも年末に開催される理事会で高木の院長退陣を求めると言い出したらしい。

病院を混乱に落とそうとする弟に呆《あき》れ、説得を諦めた高木の父が、帰り際に息子の結婚相手と会うのだと口を滑らせると、叔父が自分と家族も一緒に行くと言い出した。

「俺の婚約者の化けの皮を剝《は》がすんだと。まったく、被害妄想というか、芝居がかったことをするよな。あの人の頭はどうなってんだ？　脳細胞が溶けているのかな」

「光輝さん、言い過ぎです。でも、本当にそうかもしれないですね」

「ああ。脳ドッグを勧めてみようか」

「いいですね」

茉莉は今、怒りに燃えていた。化けの皮を剝がすとまで言われても、悲しみなんて全然浮かばない。ただ、静かな怒りが湧いている。

高木の叔父はものすごく失礼な人だと思うのだ。そんなことを言われて許せるはずがないではないか。

ただ、悲しいのは、高木の両親との素敵な夕食会は、ほぼ絶望的だということだ。

茉莉は紅茶の用意をしながら、叔父家族の登場を待った。

高木の両親がやってきて、慌ただしく茉莉は挨拶を交わす。

高木の父は、穏やかそうな風貌の男性で、グレーヘアが印象的だ。

挨拶を終えた数分後、叔父家族もドヤドヤとリビングに入ってくる。叔父家族は叔父夫婦と先日会った長女に、長男の四人家族だった。

「家族会議をしようじゃないか」

来るなりソファーの真ん中に座り、そう言い放つ。

茉莉は呆れ返って呆然と彼らを見る。だって、大きなソファーを叔父家族が占領して、高木の両親、そして高木と茉莉は立ったままで彼らに視線を向けているんだから。

高木が早速叔父にツッコむ。

「いや、家族じゃないですけど」

「そう固いことを言うなよ。昔なら、親族は一つ屋根の下に住んでいたんだから」

高木が父にラウンジチェアを勧め、自分は母や茉莉と一緒にすぐそばのダイニングテーブルを囲んで座る。

茉莉は用意した紅茶をそれぞれの目の前のテーブルに置き、高木の側に腰をかける。

するといきなり叔父が茉莉に話しかける。

「川田さんといったな。あんたはどこの看護学校を出たんだ？」

質問をされるのは別にいいとして、最初の話がそれ？　と茉莉の目は点になる。すると茉莉の代わりに高木がスラスラと答える。

「叔父さんの母校の医学部看護科ですよ。ちなみに成績優秀でした」

「……あ、そう」

「で、実家はどこなんだ？」

面接みたいになってきたが、きっと叔父の頭の中では、親族一同の代表として茉莉に面接をしている気なのだろう。高木がまた茉莉の代わりに答える。

「叔父さん、質問する前に、自分で彼女の経歴を総務に聞いたらどうですか？　経営者の一人なんですから、可能なんですよ」

高木に叱られると、下を向いてブツブツ言っている。

「いいじゃないか別に……。じゃあ、親の職業は？　きょうだいはいるのか？」

「父は地方公務員で、母は市役所勤務です。きょうだいはいません」

小さな声で『地方公務員？』と馬鹿にしたように呟く声が耳に入る。茉莉はカチンときたけれど、黙っていた。

すると、高木の父が何かを思い出したように呟く。

「川田さん……？　茉莉さん、つかぬことをお伺いするが、お父上はもしかして県庁の保健福祉部長の川田さんですか？」

弟と違って、丁寧な口調にホッとしながら茉莉は答える。

「はい。私が大学時代、父は県庁の保健福祉部に勤務していました。今は地方局にいます」

「やっぱり！　川田さんには病院のことで色々とお世話になったんだよ。おまけに、僕の飲み友達と一緒にお酒をご一緒したことがあってね」

「まあ、そうなんですか！　父ったら、何も言ってくれなくて……今度聞いてみます」

「いや、僕は飲むばかりで、面白いことが言えなかったからね。お父上は酒豪だった。いやぁお会いして飲むのが楽しみになってきた」

急に元気になった夫を、高木の母が珍しそうに見つめた後、茉莉に微笑みかける。

「茉莉さん、悪いわね。近いうちに家族同士でお食事会をしましょうよ」

「はい、ぜひ！　父も喜びます」

すっかり置いてけぼりの叔父家族は、無言で紅茶を飲んでいる。

叔父の妻はジロジロと茉莉を見ているが、先日会った娘の表情は暗く、長男らしき男性もむっつりとつまらなさそうだ。

家族間の問題が大ありみたいな彼らに、同情の視線を向けながら、茉莉は紅茶に手を伸ばす。

「父さんと俺がバトンタッチした頃には、茉莉のお父さんは転勤されていたのか？」

「そうですね、父が地方局に異動したのは六年前でしたから。大学時代は、家族で職員宿舎に住むことができたので、私にとってはラッキーでした」

茉莉と高木が見つめ合って微笑む。超怖がりな茉莉だから、大学時代を家族と過ごせてよかったと高木は心から思ってくれているのだ。あの事件があったからこそなのだが、そんな二人の想いなど知らない叔父はまたしても暴言を吐く。

「まあ、父親は頭がいいんだろうけど、母親が市役所くらいだと……光輝の子供のレベルが心配だな」

「はあ？」

高木が立ち上がり、秒で叔父の暴言に物申す。

茉莉の方は、一体何を言われたのか理解するのに時間がかかったのだが、さすが高木は情報処理速度のレベルが違う。

高木の両親もギョッとして弟を見る。

「おい、聞き捨てならないな。茉莉さんに失礼だろう」

高木の父も立ち上がり弟を諫《いさ》める。高木はかなり怒っているのか、腕を組んで叔父に詰め寄った。

「叔父さんに教えるつもりはなかったんだが、よく聞いておいてくれよ。茉莉のお母さんはかつて茉莉と同じ大学の法学部を卒業している。それと、茉莉の母方は地元では名士の一族だ。ちなみに、俺が茉莉との結婚を決めたのは、その頭のいい血統のせいではない。叔父さん、もう茉莉に対する嫌がらせはやめてくれ」

高木に詰められて、叔父は何も言えなくなった。

すると、今までダンマリだった長男が軽い調子で呟く。

「それって、俺らよりずっと頭いいってことじゃん。父さん、みっともないからもうやめれば？　俺は光輝さんに相談があってついてきただけだから、皆は先に帰っていいよ」

「あ？　もっと話すことがあるんだよ」

息子に言われても腰を上げない叔父に、高木がとどめを刺す。

「それから、理事会で俺を議題に上げるそうだけど、俺が退陣しても叔父さんは院長にも理事長にもなれないよ。こんなこと言いたくないんだが、誰も叔父さんにはついてこない。医師を派遣してくれる大学病院や医師会は、俺や父さんがトップにいるから動いてくれるんだ。なぁ、現実を見てくれ。頼むから、もう恥を晒《さら》さないでくれ」

あの高木が最後には叔父に対して懇願に近い言い方をしている。

それは全て、病院のため、そして、叔父の面子をどうにか保ってやりたいという甥としての想いからだろう。

しかし、高木の想いをこの家族が理解しているのかはわからない。

茉莉はこれまでの副院長の行動を思いかえし、絶望的な気持ちになっていた。

すると、叔父の息子が立ち上がる。

「光輝さん、理事会に関しては、俺が父さんに言い聞かせます。そこまで言わせて申し訳ないです」

「お前は何を……？」

叔父が息子を驚いて見上げる。

「いいから、もう帰れ。本当に、これ以上恥を晒さないでくれ」

息子に強い口調で叱咤《しった》され、叔父は立ち上がる。なんだか、ショックを受けているみたいだ。

先日はあんなに威勢のよかった娘も怖いくらい静かだが、さすがに父親の立場を理解できたのかもしれない。叔父家族は挨拶もせずにリビングから出て行ったが、残った長男が高木に詫びを入れる。

「申し訳ないです。あの性格はさすがに俺も嫌気がさしました。ただ、副院長を辞めないのは、俺がいつまでもフラフラしているからなんで、そこのところはわかってください」

「わかっているよ。で、俺に相談とはなんなんだい？」

高木は年若い従兄弟には優しく接している。叔父達がいなくなったので、茉莉も力が抜けてぼんやりしていた。

「俺が医学部受験に二度失敗して引きこもったことは知っていますか？」

「知っているよ。君は人混みと試験に弱いが、落ち着いた環境の中では能力を発揮するタイプだ。そろそろ穴ぐらから出て社会を知る気になったのか？」

「……ええ、その通りです」

「ＩＴに強いんだろう？」

高木は、直感で話をしているのか、それとも情報を得て話しているのかわからないけれど、うまく会話をコントロールしている。茉莉はその様子を間近で見て舌を巻いた。

「はい」

「じゃあ、今夜履歴書を書いて明日の朝九時に病院においで。受付に話を通しておくから。事務長と会うんだよ」

「ありがとうございます。……俺の話なんて、聞いてくれないかと思っていました」

「どうして？」

「あの父の子だから」

従兄弟の思いがけない言葉に、高木は苦笑する。

「正直、叔父は面倒な人だけど、それでも親族だ。君もね。それに、俺は能力のある真面目な人材がほしい。精一杯頑張るんだよ。頑張れば必ず評価がついてくる」

「はい。ありがとうございます」

彼は茉莉や伯父夫婦にも挨拶をして出て行った。多分タクシーか徒歩で帰るのだろう。

従兄弟が出ていってから、茉莉達は食事をすることにした。後味の悪い結果になったが、高木の従兄弟の行動だけは救いとなった。

とっておきのワインを出すと、父が満面の笑みを浮かべる。

「父さん、今夜は泊まるんだろう？　飲もう」

「光輝、ちょっとワインを見せてくれ」

親子はとことん飲む気でいるが、母が夫に釘《くぎ》を刺す。

「明日が早いから今夜は帰りますよ。運転は私がするけど、アルコールはほどほどにね」

「えっ、そうなのか？　光輝、このワイン、持って帰ってもいいか？」

「あと何本かあるから、帰りにワインセラーで選ぶといいよ」

「そうか？」

急に元気を取り戻す父を皆で笑った。そうして……濃い夜はふけていくのだった。

8. 溺愛もほどほどに

茉莉と高木の関係は、院内スピーカー安村のおかげ？　で、ほとんどの職員に知れ渡った。

仕事をしていると、通りがかった職員達がチラチラと茉莉に視線を向けていく。たまに、話したこともない人から声をかけられることもあるが、概《おおむ》ね好意的な反応だ。

それが社会人としての礼儀なのだろうと茉莉は達観していた。

高木の従兄弟は事務長のお眼鏡にかなったそうで、たまに売店などで見かけるようになった。

由紀から得た情報では、院内の情報管理室で真面目に仕事をしているようで、顔を合わせれば茉莉にも小声で「お疲れさまです」の挨拶をしてくれる。ちなみに、彼は家を出て病院の男性寮に住んでいて、父親である副院長とは、顔を合わせても会釈だけでスルーしている模様。

副院長はバカな企《たくら》みを諦めたようで、年末の理事会の採択次第では、職を追われ病院を退職することとなる。いけ好かない人物ではあるが、本人の心がけ次第では在職期間はもっと長かっただろうと思うと、哀れに感じる。

異動を言い渡された外来師長だが、茉莉が事件の顚末《てんまつ》をメールしたにもかかわらず、返信はおろか声掛けもない。

師長とは対照的に、看護部長からは直々に部長室に呼ばれ、救急室での坂井に対する対応を労《ねぎら》われた。その際、外来師長が救急の仕事を度々怠っていたことを部長の口から知らされたのだった。

「彼女は川田さんと同じ大学の卒業でね、他の看護師とは段違いの優秀さで私も期待していたのだけど……。私も彼女の内面を見抜けなかったことは残念だわ。でも、異動先で頑張ると言っていたので、それを信じるしかないわね」

同窓とは知らなかった。期待していたからこそ部長の落胆は大きかったのだろうが、茉莉はあえて同調するようなことは言わずにいた。

外来師長に個人的には何の感情も持たないが、上司として信頼できない人だと今も思っているからだ。

この日は色々と忙しかった。

夕方、院長室では、坂井からの謝罪を正式に受け取ったのだ。

坂井は、救急で見た時とは見かけが全く変わっていて、清潔な印象だった。深く頭を下げ、茉莉に謝罪する姿は、とてもあの患者と同一人物とは思えない。

生きる希望を失っていた人間が、治療され、寝る場所と仕事を与えられて再生する。そんな姿を目の当たりにして、茉莉はある種の感動を覚えた。

坂井と弁護士の新島が院長室から出て行った後、茉莉は高木に礼を言った。

「光輝さん、本当にありがとうございました」

「急に改まってどうした？　照れるじゃないか」

そう言いながらも、高木の表情は満足げだ。

「光輝さんは、私だけを救ってくれたんじゃなくて、坂井さんも救ったのね」

「そんな偉い人間じゃない」

「ううん、偉いよ。私、男の人としての光輝さんが大好きだけど、人としても大好き」

軽い言い方をあえてしたが、茉莉は本気で感動していた。

夫を崇拝しているなんて、口には出さないけれど、この人と出会えて最高に幸せだと思ったのだ。

高木はそんな茉莉にピッタリとくっつくと、腰を抱いて囁く。

「なあ、今夜一緒に風呂に入らないか？　俺今、すごくエロいことが浮かんだんだけど」

「……ば、ばかっ！」

＊＊＊

両親への挨拶を終えた数日後、二人は婚姻届を提出して夫婦となった。

選んだ指輪はまだ届いていないけれど、茉莉は幸せな気持ちでいっぱいだ。式は来年に予定しているが、ウエディングフォトを先に撮ろうかと高木と検討している。

休日も何かと用事があって忙しい高木だが、なんとか休みをもぎ取った日曜の午後、二人は郊外にあるインテリアショップに向かう。

以前住んでいたあのマンションの前を通りかかり、茉莉は車窓から自分の部屋だった階を見上げた。今は別の誰かが住んでいるようで、窓にカーテンがかかっていて、感慨深い気持ちになった。

運転している高木に声をかける。

「私の部屋だったところ、誰かが入居しているみたい」

「そうか、このあたりだったたな」

高木が片手を伸ばし茉莉の頭を撫でる。

恐怖と混乱の中、必死に仕事に出ていたあの頃を思い出すと、自然に身体が緊張する。

呆然としていた茉莉に高木は、「ウチに来い」と言ってくれた。あの一言から全てが変わったのだ。

信号待ちで車が止まった時、茉莉は高木の腕に触れた。

「光輝さんがいてくれてよかった……」

「ん？」

茉莉に顔を向け、高木が微笑む。そうして肩を抱き寄せた。

「俺も。茉莉がいてくれて幸せだ」


インテリアショップでは、フロアライトとテーブルランプを選び、花瓶やクッションなど、色々な雑貨も購入した。素敵なラグもあったが、値段を見るとゼロが一つ多かったので、茉莉はそっと離れた。

その後は、併設されているカフェで一休みして自宅に帰る。

照明はメーカーから直送されるので、買ってきた雑貨だけをそれぞれの場所に飾っていく。

元々の高級感あふれるスタイリッシュな空間に茉莉が選んだ雑貨がアクセントとなり、さらに居心地のいい部屋になった。これで照明が追加されれば最高だ。

数ヶ月前に夢見た『素敵なインテリア』は、場所を変えてこの家で実現できた。それもグレードアップされて。

茉莉はソファーに身体を預け、クッションを抱きしめて息を吐く。

「はぁ……」

「どうした？」

耳ざとい高木がキッチンから尋ねる。

「家の中が、いい感じだなーって」

「そうだな」

いつものコーヒーを淹れて茉莉の前に置く。

「なあ、茉莉」

突然名を呼ばれドキッとする。

「な、なに？」

「コーヒー飲んだら、風呂の前だけど、ちょっとベッドに行かないか？」

面白い誘い方だ。何が彼のスイッチを押したのかわからないけれど、茉莉は頷く。

「はい。飲んだら……ね」

茉莉がコーヒーを飲み終わるとすぐに、高木は立ち上がり茉莉の手を取る。

「行こう」

ものすごく真剣な表情で寝室へと向かう。仕事の時にだってこんな顔を見たことがない。

ベッドに腰掛けた茉莉は、着ているものを脱ぐ高木を見上げ問いかける。

「光輝さん、どうしちゃったの？」

薄手のセーターを脱いだ高木は茉莉の隣に腰をかけ、ズボンのホックを外すと首を傾《かし》げて茉莉を見る。

「茉莉が幸せそうにしているのを見ていたら、ムラムラしてきた」

「ええっ？」

ただヘラヘラ笑ってソファーに寝転んでいただけなのに、そんなんで発情する高木が、茉莉にはますます謎だ。でも、まぁいいか。

「茉莉、俺が脱がそうか？」

そう聞かれ、茉莉は脱力したままで笑みを向ける。

「ううん、自分で脱げます」

自分で脱げると伝えたのに、高木は下着姿の茉莉をベッドに押し倒す。

「ちょ、待って。光輝さ……」

「待てない」

茉莉の唇を塞ぎ、ブラを剝ぎとりベッドの下に落とす。乳房を乱暴に揉みしだきながら、一方の手でショーツをずらしていく。

高木の性急な動きに夢中で合わせている間に、膝のあたりでクシャクシャになっていたショーツもどこかに行ってしまった。

乳房からお腹、そして恥骨のあたりを舌でなぞられ、くすぐったさと同等の快感に身体が蕩けていく。

茂みに鼻先が入り秘裂を尖った舌先が這うと、茉莉は高木の頭を掌《てのひら》で押す。

「あっ、光輝さん、やめ……っ」

「どうして？　舐められるのは嫌いか？」

上目遣いに見つめられ、その眼差しの艶っぽさにドキッとしながら、茉莉は首を振る。

「だって……お風呂にも入っていないから……」

「大丈夫だ。茉莉の匂いの濃さがたまらない。なぁ、頼むから好きにさせてくれ」

「だって、恥ずかしい」

本気で恥ずかしがる茉莉に高木はクスッと笑う。

「今更。茉莉の恥ずかしいところは全部知っているけど？」

そう言うと、指で秘裂を広げ、隠れた蕾が舐め上げられる。甘く痺れるような感覚に思わず声が漏れた。

「はぅン……ッ！」

反り上がった腰を両手で押さえつけられ、さらに舌での愛撫は続く。蕾はぷっくりと赤く腫れ、痛みにも似た快感が全身を包む。辛いのに、愛液が溢れ出で、それを彼に啜《すす》られて、茉莉の胸を快感よりも羞恥が支配する。

「やぁっ、光輝さん、そんな……っ」

「茉莉、すごく綺麗だ」

「嘘っ……！」

高木の言葉に、茉莉は首をイヤイヤと振る。

羞恥と喜悦にまみれ、愛液を滴らせながら茉莉は喉を枯らして喘ぐ。

「ん、んっ、ぅう……ん、……っ、はあっ……やぁ……」

秘肉の奥が甘くわななき、茉莉は絶頂の兆しを感じる。それを敏感に察したのか、いきなり淫芽に歯が立てられ、腰が震える。

「んぁッ！」

蜜口を舌が這い、指で秘裂を撫でていく。愛液でぐしゃぐしゃになったそこは、指のソフトな動きだけでも十分なのに、さらに蜜口に尖った舌が入り、愛液が啜られる。

いやらしい音を恥ずかしがる余裕は、すでに茉莉にはない。

滑る指先で淫芽を強く押され、鋭い快感に腰が反りビクビクッと痙攣《けいれん》する。

「ああァァ――――ッ！」

声を抑えることもできず、身体を震わせて、果てる。

大きな波に呑《の》まれた後、快感に震える茉莉の身体を自重で押さえつけ、高木は囁く。

「茉莉、気持ちよかった？」

「……っ、や、もうっ。辛くて恥ずかしかった。けど……」

「けど？」

「すごく感じちゃった」

「よかった……」

嬉しそうに微笑まれ、茉莉の胸が温かくなる。高木が避妊具を着けて覆《おお》い被《かぶ》さり、茉莉の両足を開いて膝を軽く押す。怒張する屹立を蜜口に押し当て擦り付けられると、少し前に達したばかりの敏感な淫芽に触れ、腰がビクッと跳ねる。

「ぁっ……」

唇を塞がれ、熱い舌がねっとりと絡む。張り詰めた屹立が蜜口を押し広げながら入ってくると、茉莉は衝撃に耐えるようにシーツを握りしめる。

そんな茉莉の手を取り、高木が囁いた。

「茉莉、俺にしがみついて」

「ん……」

小刻みに腰を揺らせながら屹立が沈められる。押し広げられる苦しみよりも、中襞を突かれる快感が増していく。

「あっ、あっ、ああぁんッ……！」

浅い息を繰り返しながら、甘い衝撃に喘ぐ。

奥まで入りきると、腰を引き、擦り上げるように穿たれる。

「ああっ！」

張り詰めた昂りが隘路を行き来するたびに、秘襞がひくつき滾りを締め付けていく。重たい腰が叩きつけられ、はしたないほどの水音が寝室に響きわたる。

上質なシーツの衣擦れの音、互いの荒い息や唇の粘膜が擦れ合うキスの音。

揺れるベッドの微《かす》かな軋《きし》む音、そして、快感に震える高木の唸《うな》り声《ごえ》。全てが茉莉の官能を刺激して、たまらなく興奮する。

乳房が掴まれ乱暴に揉みしだかれる。肌を熱い掌が這い、背筋が震えるような快感のツボを押す。

内壁を抉るように突かれていくうちに、甘い疼きが生まれ、茉莉は艶かしい声をあげていった。

「あぁ……ん、あッ、そこぉ……ダメぇ、あっ、やぁ……ん、あアッ！」

「ここか？　ここがいいのか？」

集中的に『ダメなところ』を突かれ、茉莉の内股が震える。

「やっ、やっ、あ、ダメっ！　あ、や、やぁん、いっちゃ……！」

恥ずかしいほどの甘えた声が漏れ、水音がさらに大きくなる。緩急をつけて穿たれ続け、奥を突かれゴリゴリと亀頭を押し込まれた瞬間、茉莉は一気に高みに押し上げられる。

「ゥん……ッ！」

キツく目を閉じ、高木の腕にしがみつく。

中襞が剛直を強く締め付け、制御できない。茉莉は息を止めて、強すぎる快感に身を預けた。その間、高木が首をのけ反らせ、一瞬だけ苦悶《くもん》の表情を浮かべる。

「……くっ！」

一言呻《うめ》き、高木もまた身体を震わせて、果てた。

高木が緩慢な動作で腰を引き、茉莉の下半身がシーツに着地する。愛液にまみれた避妊具を片付けると、高木がドサっと隣に横たわる。

「茉莉……」

茉莉は抱き寄せられ、彼の腕に頭を乗せて目を閉じる。

「後で、シャワーを浴びよう」

「うん……」

そう答えながら、瞼《まぶた》を閉じるのだった。

目覚めた時にはすっかり日が暮れていた。そういえばお腹が空いたと感じ、茉莉は身を起こす。

身体の上にあった高木の腕がシーツに落ち、彼も目を覚ます。

「ん……何時だ?」

腕時計で時間を確認し、高木も起き上がる。

「七時か。夕食はデリバリーにしよう。どこがいいかな?」

全裸のままでスマホを探すから、茉莉は目のやり場に困る。床に散らばった着衣を拾い身につけて、彼の跡を追う。

広い肩から伸びた長い腕や、硬いヒップから続く程よく筋肉の付いた太もも。この身体に抱かれていたのだと思うと、自然と頬が熱くなってくる。

「光輝さん、洋服……っ」

彼に声をかけ洋服を渡す。

「ああ、ごめん」

受け取る時に、茉莉の顔を二度見してフッと笑う。

「茉莉、もしかして恥ずかしがっているのか?」

直感力が鋭いのも厄介なものだ。

「だって、服も着ないでウロウロするから……」

思わず責め口調になるけれど、高木は笑いながらスマホを操作するだけだ。

「なあ、ピザと牛丼のどっちがいい？」

もう少し選択肢を増やしてほしいものだが、盛大にお腹が空いているので、ピザを選ぶ。

注文したが、一時間以上かかるらしい。

「届くまで、風呂に入れば？　俺が受け取っておくから」

「いいの？」

「いいよ。ゆっくり入るといい」

せっかく言ってくれたので、お湯をはっている間に化粧を落とし浴室に入る。

髪を洗い浴槽に入ろうとして、髪留めを忘れたことに気がついた。このままだと髪の毛がお湯に浸《つ》かって鬱陶しい。

洗面室に高木の気配を感じ、声を開ける。

「光輝さん、鏡の前に黒い髪留めある？」

「あるよ」

全裸で受け取るのも恥ずかしかったので、お願いすることにした。

「ごめんなさい、持ってきてもらっていい？」

「いいよ」

高木が髪留めを手に入ってきた。茉莉は湯船の中から手を伸ばして髪留めを受け取る。彼の視線が湯船の中の裸体を捉えて留《とど》まり、浴槽のそばにかがみ込むと、とても嬉しそうに呟いた。

「色っぽいな」

「や、恥ずかしいですっ」

茉莉がおどけて胸を隠すと、高木が真顔で立ち上がる。

「俺も入ろうかな」

「……え?」

デリバリーがあと四十分ほどで届くのでは? それまでにお風呂に入り終わるかもしれないけど……。

茉莉は戸惑いながら、彼を見上げる。

洗面室に戻り、衣類を脱いで高木は浴室に入ってきた。一緒に風呂に入るのは初めてだ。

高木の裸体を明るい所で見るのはまだ慣れていないし、自分も見られるのは恥ずかしいのに、どうしよう。茉莉はドキドキしながら俯いていたが、高木はご機嫌だ。

彼が身体を洗い、湯船に入ってくると、お湯が勢いよく流れていく。浴槽の中で小さくなっている茉莉の腕をとり、後ろに回りこんで抱き寄せる。

すると、茉莉の髪留めが身体に当たると言い、頭の天辺《てっぺん》に止め直す。

「ごめんね、痛かった？」

「いや。俺が勝手に茉莉の後ろにいるんだし。ごめんな欲望を抑えきれなくて」

真面目な声色でそんなことを言うものだから、茉莉は一瞬きょとんとなり、そのあとで笑いだした。

「あははっ！　光輝さんったら、もう！」

「おもしろかったか？」

茉莉が笑うと、高木も嬉しそうだ。所在なさげだった彼の両手がクスクスと笑う茉莉の乳房を捉え、やわやわと揉まれる。柔らかい乳房を好き放題揉み堪能すると、指で先端を摘み転がすように擦る。

それはもう、丁寧に丹念に擦り続けるものだから、とろけるような愉悦が茉莉を包み、自然と腰が揺れてくる。時折強く摘まれると、我慢していた声が漏れる。

「……っ、……ぁあ……ん」

さらに耳朶に息を吹きかけられ甘噛みをされる。首筋に移動した唇が吸い付きさらなる快感を与えられると、脚の間が甘く疼き、茉莉は膝を擦り合わせモゾモゾと身体を動かす。

「やぁん、感じすぎるから……っ、光輝さん、だめ……ぇ」

「可愛すぎる茉莉がいけない。触るなという方に無理があるよ。感じているんだろう？」

そう言うと、脚の間に手を伸ばす。

濡れて、粘っこい蜜が溢れているのがバレてしまった。

「やっぱり……」

満足そうに呟き、茉莉の首筋に齧り付く。蜜で粘ついた指が秘裂を撫で、淫芽を擦る。

交わりの後で敏感になっている秘所が心地よい風呂の中で弄《もてあそ》ばれ、過剰な快感に茉莉は身体を震わせて喘ぐ。

「感じすぎ……る、あっ、ん、やぁっ……」

背後を振り返り訴えるけれど、高木は甘い眼差しを向けて微笑むだけ。

「茉莉……」

さらに、お団子にしている髪に指を絡ませ唇を塞ぐ。口腔《こうこう》を舐められ、舌が絡め取られて強く吸われる。

「う、ふ……っ」

極甘なキスにため息が漏れる。

せっかく洗った髪が下ろされ、頭皮が優しく指で押されると、マッサージをされているみたいで心地よい。さらに、秘裂を撫でる指は蜜壺の中を掻《か》き混ぜている。

快感と浴室の温かさのせいで頭がボーッとなってきた。ふとデリバリーが気になり、高木の腕に手を伸ばす。

「……ん?」

「光輝さん、デリバリーの時間、いいの?」

「そろそろかな。……茉莉、続きは後で」

のぼせかけてフラフラと浴室から出る。身体を拭き、洗面室の水道で水を飲むと、少し頭がしゃんとしてきた。

濡れた髪を適当に乾かし、肌のお手入れも簡単に済ませると、パジャマに着替えてリビングに向かう。

注文していたピザが届いており、高木が夕食の準備をしていた。

「わ、美味しそう」

「ワインにするか?」

「ちょっとのぼせたから、発泡水にします。グラスとお皿を出しましょうか?」

「うん」

ピザは久しぶりで食が進んだ。大きいサイズを注文したので、途中でお腹がいっぱいになる。あとは高木が食べてくれたけれど、彼もしんどそうだった。

「次回は小さいサイズにしよう」

「そうですね。これは三人前サイズかな」

「ハハッ。安村の分だったのか？」

こういう時だけ安村を懐かしむのは変だけど、どうしても料理を少しだけ多めに作ったり注文してしまうのは、彼の分なのだ。

安村にはまた今度遊びに来てもらうこととして、茉莉は食器を片付けようとグラスに手を伸ばす。

「茉莉、俺がやるよ。休んでくれ」

「あ、ありがとう」

いつも片付けを手伝ってくれる高木だけれど、今日は特にやる気に満ちている。浴室でやり過ぎたことを反省しているのだろうか？　でも、『続きは後で』と言われたことが気にかかる。

（もしかして、またお風呂に入るのかな？　それとも……）

あんなことやこんなこと。色々と想像して、頬が熱くなってきた。

高木と男女の関係になってから後、しばらく放っておかれたから、性に積極的な人ではないと思っていたのだが、今の彼はあの頃とは全く違う。

我慢をしていたと聞かされたが、今の彼は我慢から解き放たれて自由奔放だ。

片付けが終わった高木が紅茶を淹れ、茉莉の前に置いてくれる。

「今夜はちょっと遅い時間だから、紅茶にした」

「わあ、ありがとう。いい香り」

高木が隣に腰をかけ、二人はのんびりと紅茶を飲む。

直近の予定を高木が話してくれ、茉莉はそれをスマホのカレンダーアプリに登録していた。こうして二人は予定を共用しているのだが、ふと高木が茉莉に問いかける。

「そういえば、父に茉莉のご両親との食事会を催促されているんだけど、どうする？」

「あ、お父様楽しみになさっているのよね。来週の土曜なんてどうかしら？　和食でいいかな？　日本料理の店に予約しようかしら？」

「うん、和食で頼む。特に用事ができなければ行けそうだ。何かあれば相談する」

「はい。両親にも伝えておきます」

土曜の予定もスマホに登録して、茉莉は紅茶を飲み干した。その後はテーブルにカップを置き、しばらくSNSのチェックをしていた。

すると、高木が背後に立ち、頭に手を添えて軽くマッサージをしてくれる。こめかみのあたりを指で押し、後頭部へと流す。あまりの気持ちよさに、スマホを見るのをやめて目を閉じる。

「……うーん、気持ちいい」

「そうか？　もっと気持ちいいこと……する？」

「え……」

「茉莉、立って」

優しく囁くけれど、彼の顔は真剣だ。有無を言わさない押しの強さにときめいて、茉莉は言われた通りに立ち上がる。

リビングやキッチンの照明を消しながら、手を引かれ寝室に向かう。足元の照明だけを頼りに廊下を進むと真っ暗な寝室に入った。

寝室のカーテンは全て閉じているから、本当に真っ暗だ。二人とも無言で着衣を脱ぎ、ベッドのそばの椅子にかける。

高木は茉莉の肩に触れ、出窓の方向に身体を向けた。

「茉莉、窓台に手をかけて」

彼の指示に従い、茉莉は窓台に手をかけて身体を預ける。カーテンを閉め切っているので、外からは中が見えないし、声は漏れない。

茉莉は中腰の姿勢で後ろを振り返り高木を見上げる。

「光輝さん、これって……」

風呂の続きだ。茉莉はそう思った。あの時、配達員が来なければ、多分茉莉は浴室に立ったまま、背後から貫かれていたのだ。

それを想像して、茉莉のみぞおち辺りがゾクゾクと震える。振り返る茉莉に背後からキスを落とし、手を伸ばして茉莉のむき出しの両腕を撫でる。耳朶から首筋を舌がなぞっていき、背骨に沿って尖った舌を這わす。乳房を愛撫し、尖る先端を指で摘む。

「もう興奮しているのか？」

そう問われ頷くけれど、理由は言えない。

立ったまま貫かれるのがどんなものなのか、楽しみだなんて……。

すっかり雫《しずく》が滴るほどに濡れた蜜口を指で撫で回し、高木はくぐもった声でクスッと笑う。その嬉しそうな声が、茉莉の背骨を刺激して足が震えてきそうだ。

「や……」

無造作に指を差し入れながら、高木が問う。

「何が『や』なんだ？　後ろは嫌か？」

「ううん。光輝さんの声が、響くから……」

「声が嫌なのか？」

「反対よ。……好きなの」

茉莉の答えにまたクスッと笑い、彼は腰を押し付けてくる。硬いものがお尻を突き、茉莉の身体は期待で小刻みに震える。

お風呂の時と同じように、指が秘裂を撫で敏感な淫芽を擦っていく。愛液は指を濡らし、床に零《こぼ》れそう。クチュクチュと淫らな音が耳に届き、恥ずかしいけれど、茉莉はますます興奮してきた。

隘路に深く入ってきた指が浅い場所を擦り思わず声をあげる。

「はゥン……ッ！」

動物みたいな声が恥ずかしい。

でも気持ちよくて、茉莉は腰を揺らせて喘ぐ。

お尻に当たる滾りはさらに硬く大きくなっていくけれど、気持ちがいいものだから下半身の震えを止めることはできない。

暗闇の中、背後から触られているからなのか、茉莉の気持ちはいつもよりも高揚していた。秘襞の敏感な場所を指で抽送され、甘い喜悦の声をあげる。溢れる愛液を掻き出すように指で抉られると、水音はとめどなく淫らに響いていく。

グチュグチュグチュ……。

「あっ、あんッ、あ……っ、ぁ、やぁ……」

鎖骨の辺りを軽く噛まれながら、二本の長い指が根本まで押し込まれ、深い場所を抉られたその瞬間、思いがけず茉莉は高みに押し上げられる。

「あぁ……ッ、はゥン！」

ビクビクとヒップを震わせて、唐突な絶頂に耐えられず、膝がカクンと折れそうになる。

茉莉の腰を支え、高木が囁く。

「脚、大丈夫か？　立っていられる？」

「……ん、大丈夫」

肘を曲げ、さらに窓台に寄りかかる。

この姿勢だと、さらにヒップを突き出す格好になり、より扇情的に見えるのだが、茉莉にその意識はない。

「茉莉、俺を殺す気？」

耳元で囁かれ、滾る屹立で蜜口が擦られる。返事をする間もなく一気に貫かれ、茉莉は悲鳴のような声を上げる。

「……ひ！　あアァッ！」

奥まで一気に届いた屹立は太く硬く、内臓がギュッと押し上げられそうに感じる。腰を一旦大きく引くと、高木が嬉しそうに囁く。

「……っ、エロすぎて死にそう」

ズブズブと音を立てて屹立が押し込まれ、激しい喜悦に秘襞がひくつく。何度も腰を叩きつけられると、耳を塞ぎたくなるような淫らな音が響き、さらに茉莉の興奮を誘う。

「あっ、あぁッ！　ぁ、あん……あ、やぁ、きっ……っ……」

窓台に上半身ごと寄りかかり衝撃に耐えれば、剝《む》き出しの乳房が振り子のように揺れる。

その先端が冷たい木肌に触れ、地味に快感を誘う。

もう許してほしい。と口に出したい気持ちと、もっと激しくメチャクチャにしてほしい欲求が交差して、なんだか気が狂いそう。

茉莉は想いを口にできず、ただ喘ぐのみ。

抜ける寸前まで腰を引き、ズシン……と最奥を突かれて身体がつんのめる。

これ以上ないくらいに怒張した滾りが隘路を抽送すれば、淫襞がそれに纏《まと》わりつきながら締め付けていく。愉悦が腰から全身に広がり内股がガクガクと震える。

皮膚は敏感になり、触れられた場所が興奮で粟立つ。

「あぁ……、茉莉、すごい……」

ため息まじりの囁きに振り返れば、艶かしい眼差しに捉えられ目が離せない。不自由な体勢で口付けられ、さらに深く貫かれる。

荒い息を吐きながら、噛《か》み付《つ》くようなキスで繋がり、互いの汗や唾液さえもが混ざり合う。

脚が震えて、もう立っていられない。遠い子宮口まで何度も突かれ、重く極甘な快感に包まれ、意図せず悲鳴のような声が漏れる。

「……ひ、ぁああんッ！　やぁん、きもちいい……っ！」

「茉莉っ、あぁ……すごい締まって……」

獣のような交わりに、息も絶え絶えになりながら、茉莉は喜悦にまみれていく。首筋に歯が立てられ、隘路の奥深くを穿たれて、目の前が真っ白になっていく。

「光輝さん……ッ、つかまえて……ぇ、あぁっ！　いっちゃう、あっ、あぁぁ——！」

「うぅ……茉莉っ！」

しばらく重なったまま、二人は動けずにいた。

膣の中ではまだ痙攣が収まらず、彼のモノは硬さを保っている。

茉莉は重さに耐えきれず、ズルズルと床に座り込む。その際に結合が離れ、彼の熱も消えていく。

床に膝をつき息を整えている茉莉を、高木が覆い被さるように抱きしめる。

「茉莉……」

「なあに？」

振り向くと、唇を塞がれ舌を差し込まれて、甘いキスが始まる。

最近、休日の交わりは濃厚さを増し、夜が何時間あっても足りない。まるで、思いの丈を伝えるような優しいキスの後、高木は茉莉に告げた。

「なあ、俺、避妊具つけていなかった」

「……あ、そう……か、どうりで……！」

あの脳みそが溶けそうな快感は、そのせいだったのか。茉莉は、故意なのか、偶然なのか判別できない夫の顔を見つめる。

「子供、できるかも」

「そうなのか？」

なんだかとても嬉しそうな顔の夫を見上げ、茉莉は大きな笑顔を浮かべ頷いたのだった。

9. 縁は異なもの

春。

茉莉の制服は妊婦用に変わり、パッと見ても妊娠しているのがわかるようになってきた。

安定期に入ったので身体は楽になったが、それまではつわりが酷《ひど》く大変だった。

妊娠がわかると、高木は超過保護夫に変身して茉莉を驚かせた。看護師としての仕事を制限しようとして茉莉を困惑させたりもした。二人で話し合い、茉莉は妊娠中だけ短時間勤務を続けている。


高木よりも茉莉を驚愕させたのが、高木の叔父、あの迷惑副院長だ。

妊娠を知ると、急に愛想良く茉莉に話しかけ、『いい子を産め』と、美味しい食材を度々院長室に届けるようになった。百八十度の態度の変化に大いに戸惑ったが、茉莉が小柄で子供を授かりそうにないのではと密《ひそ》かに心配していたのだとか……。茉莉にしてみれば、そんな心配は不要なのだが……。

「これで高木家は安泰だ」

そう言って叔父は小躍りしているが、情報管理課の息子からは相変わらず冷たい視線を向けられていた。

ちなみに、叔父は歯科医を解任され、今は権限を持たない副院長としておとなしくしている。毎日院内の庭木の剪定《せんてい》を楽しんでおり、患者さんからは庭師さんだと思われている。


昼休み、由紀と一緒に売店に向かっていると、営繕課の作業服を着た坂井とすれ違う。コンビニ袋を下げており、茉莉に会釈をして通り過ぎる。

彼もすっかり仕事に慣れ、体調もよくなったと高木からは聞いている。


坂井があんな事件を起こさなければ、もしかしたら茉莉はまだ独身だったかもしれない。高木という男性の本質も知らず、漫然とそばに仕え、たまにムカついて由紀に話をして溜飲《りゅういん》を下げる毎日を過ごしていたのだろう。

でも、今は高木がどんな人物か知っているし、最高の夫だとわかっている。

だから、坂井を見かけるたびに茉莉は、人の運命の不思議さを思うのだ。

「茉莉、どうしたの？」

由紀が振り返り、茉莉を呼ぶ。

「ううん、なんでもない」

「早く行かないとお弁当なくなっちゃうよ」

「うん」

歩いていると、小さな女の子とすれ違う。

「パパー、待って！」

茉莉が振り返ると、女の子が坂井の足にしがみ付いて泣いている。坂井は女の子を抱き上げ、近づく女性に向かって笑いかけた。


茉莉は彼らを眺めて、そっと笑みを浮かべる。

「復縁したのかな？　よかった……」

「え、なんか言った？」

由紀に問いかけられ、茉莉は首を振って答える。

「なんでもない。お弁当残っていると思う？」

「えー、どうだろ。唐揚げは残ってないにペットのお茶一本！」

「じゃあ私は、奇跡的に残っているに、ペットの麦茶一本を賭けるね」


クスクスと笑いながら、茉莉は足早に売店に向かうのだった。

あとがき

こんにちは、連城寺のあです。

ヴァニラ文庫さまにて、初めての作品を書かせていただきました。本作をお手に取ってくださりありがとうございます。

こちらは、トラブルに巻き込まれた看護師と若き院長が同じ屋根の下で暮らすドキドキのラブストーリーです。明るすぎる同居人がいたりトラブルの元凶に遭遇したりと、ヒロインは息つく間もありません。そんなヒロインに院長が優しく手を差し伸べます。

イラストは森白ろっか先生がご担当くださいました。キャラクターを拝見した時点で最高に可愛いヒロインだったので、表紙や挿絵が今からとても楽しみです。

森白先生、ありがとうございました。

また、刊行に携わってくださった全ての皆様、そしてお手に取ってくださった読者様に、心から感謝申し上げます。

令和六年十二月

連城寺のあ

原稿大募集

ヴァニラ文庫ミエルでは乙女のための官能ロマンス小説を募集しております。
優秀な作品は当社より文庫として刊行いたします。
また、将来性のある方には編集者が担当につき、個別に指導いたします。

◆募集作品

男女の性描写のあるオリジナルロマンス小説（二次創作は不可）。
商業未発表であれば、同人誌・Web 上で発表済みの作品でも応募可能です。

◆応募資格

年齢性別プロアマ問いません。

◆応募要項

・パソコンもしくはワープロ機器を使用した原稿に限ります。
・原稿は A4 判の用紙を横にして、縦書きで 40 字 ×34 行で 110 枚 ~130 枚。
・用紙の 1 枚目に以下の項目を記入してください。
　①作品名（ふりがな）/②作家名（ふりがな）/③本名（ふりがな）/
　④年齢職業 /⑤連絡先（郵便番号・住所・電話番号）/⑥メールアドレス /
　⑦略歴（他紙応募歴等）/⑧サイト URL（なければ省略）
・用紙の 2 枚目に 800 字程度のあらすじを付けてください。
・プリントアウトした作品原稿には必ず通し番号を入れ、右上をクリップなどで綴じてください。

注意事項
・お送りいただいた原稿は返却いたしません。あらかじめご了承ください。
・応募方法は必ず印刷されたものをお送りください。CD-R などのデータのみの応募はお断りいたします。
・採用された方のみ担当者よりご連絡いたします。選考経過・審査結果についてのお問い合わせには応じられませんのでご了承ください。

◆応募先

〒100-0004　東京都千代田区大手町 1-5-1　大手町ファーストスクエアイーストタワー
株式会社ハーパーコリンズ・ジャパン　「ヴァニラ文庫作品募集」係

御曹司ドクターと甘い同居生活はじめました

Vanilla文庫《ヴァニラ》 Miel《ミエル》

2025年2月5日　第1刷発行　　定価はカバーに表示してあります

著　作　連城寺のあ　©NOA RENJOUJI 2025
装　画　森白ろっか
発行人　鈴木幸辰
発行所　株式会社ハーパーコリンズ・ジャパン
東京都千代田区大手町1-5-1
電話　04-2951-2000（営業）
0570-008091（読者サービス係）
印刷・製本　中央精版印刷株式会社

Printed in Japan ©K.K.HarperCollins Japan 2025 ISBN978-4-596-72509-7